KB050255

007

책세상 세계문학

브르타뉴의 노래 · 아이와 전쟁

Chanson bretonne

suivi de

L'Enfant et la guerre

브르타뉴의 노래·아이와 전쟁

Chanson bretonne

suivi de

L'Enfant et la guerre

J.M.G. 르 클레지오 지음

송기정 옮김

책세상

차례

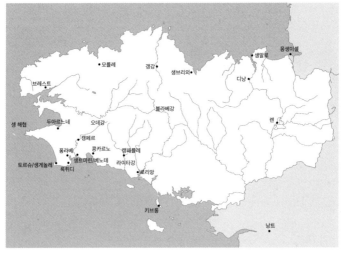

모를레 •   갱강 •   생브리외•   생말로 • 몽생마셸

브레스트 •   디낭 •

생 해협   두아르느네 •   오데강   블라베강   렌 •

캥페르 •
퐁라베 • 콩카르노 •   캥패를레 •
토르슈/생게놀레 •   생트마린/베노데 •   라이타강
          록튀디 •   로리앙 •

키브롱 •   낭트 •

브르타뉴 지방

브르타뉴의 노래

COMBRIT. - Le Cosquer

—

그곳에서 태어나지도 않았고, 1948년부터 1954년까지는 그저 매해 여름 몇 달 정도만 보냈을 뿐임에도, 브르타뉴는 내게 가장 많은 감동과 추억을 남긴 곳이다.

아프리카, 그것은 다른 삶이었다. 그래서 내가 1948년 아프리카를 떠나고, 1950년대에 이르러 아버지도 프랑스로 완전히 귀국한 후에는 그곳을 잊어버렸다. 배척했다기보다는, 마치 불가능하고 비현실적이며 너무도 거대하고 어쩌면 위험하기도 한 무엇인 듯, 그냥 지워버렸다.

브르타뉴, 그곳은 친숙했다. 가족적이기도 했다. 왜냐하면 나는 우리가, 그러니까 어머니 아버지와 같은 성을 가진 사람들(그리고 우리와 같은 혈통을 가진 사람들) 모두가 브르타뉴 사람이며, 기원을 찾을 수 있는 한 가장 먼 조상 때부터 대대로 그 지역과 보이지 않는 단단한 끈으로 연결되어 있다고 생각하면서 자랐기 때문이다 나는 연대순으로 이야기하지 않을 것이다. 지난 시절을 회상하는 것은 지루하다. 그리고 아이들은 연대기를 모른다. 아이들에게는 하루에 하루가 더해질 뿐이다. 그들에게 매일매일은 이야기를 구성하기 위해 존재하지 않는다. 키가 크고, 공간을 차지하고, 성장하고, 여기저기 부러지기도 하고, 집이 울리도록 시끄럽게 떠들다 보면 하루하루 지나갈 뿐이다.

생트마린

내가 유년기를 보낸 작은 마을 생트마린, 매년 여름 학기가 끝나자마자 가곤 했던 그 마을을 다시 찾을 때면 나는 그곳을 거의 알아보지 못한다. 마을 입구에서 콩브리곶까지 난 긴 길은 더 넓어지지도 곧게 펴지지도 않은 채 예전 모습 그대로다. 항구의 경사면도, 오래된 집들도, 선원들의 오두막도, 아담한 성당도 보인다. 모든 것이 여전히 같은 장소에 그대로 있지만, 무엇인가가 달라졌다. 물론 나에게도 그 건물들에도 오랜 세월이 흘렀다. 시간이 지남에 따라 선착장은 마모되어 덧칠해졌고, 개조되었으며, 풍경은 현대화되었다. 도로는 아스팔트로 포장되었고, 특히 도로 곳곳에 있는 주차구역에는 금지 표시와 점선과 정지선이 하얀 페인트로 칠해져 있다. 넘치는 자동차의 통행을 관리하기 위한 회전교차로, 캠핑카의 진입을 막기 위한 횡목, 주차를 통제하기 위한 표시판, 주차를 금지하기 위한 경계석이나 둥근 턱이 설치되었다. 카페들, 테라스와 파라

솔이 있는 크레프 가게들, 엽서와 기념품을 파는 가게들이 생겨났다. 그 모든 것들은 시골을 현대적으로 보이게 하는 유약을 바르기라도 한 듯 반짝거린다. 그 유약은 마을을 시간과 분리하고 과거에 입은 훼손으로부터 마을을 보호하기 위한 일종의 방수복이요, 패드를 사용하여 고가구에 덧칠한 니스 같은 것이다. 오늘날 사람들은 자동차를 타고 생트마린으로 오지만, 멈추지 않고 마을을 그냥 지나친다. 여름이면 관광객이 너무 많기에, 계속 길을 달려 곶까지 가서 그저 사진이나 한 장 찍고 바로 돌아가야 한다. 그러나 나는 매년 여름 바로 이곳에서 매일매일을 살았고, 머릿속에 그 마을 이미지를 가득 담았으며, 바로 이곳에서 진정한 나의 유년기를 찾았다.

어제의 마을과 변해 버린 현재의 마을을 서로 연결하기는 어렵다. 물론 세상은 변했다. 생트마린만 변한 것은 아니다. 그런데 이곳의 변한 모습은 왜 유난히 나를 슬프게 할까? 마음속에 무슨 이미지를 소중한 비밀처럼 간직하고 있기에, 우스꽝스러운 그 모습은 그 무엇보다도 내 마음을 뒤흔들면서 마치 보물을 도둑맞은 느낌을 주는 것일까?

생트마린, 그것은 우리 가족이 프랑스 남부에서 출발해 매년 여름 석 달 동안 자유와 모험과 기분전환을 위한 최고의 여름휴가를 보내기 위해, 부모님의 고물 자동차 르노 모나캬트르를 타고 마을에 들어갈 때 만나던 길게 뻗은 거리 이름이기도 하다. 우리가 그곳에 도착했을 때 생트마린의 중심은 성당이 아니라 강을 건너는 페리호였다. 고철 위에 판자를 올려 부교처럼 보이는 그 배는 한 시간에 두 번씩 오데강 하구를 가로질러 삐걱거리며 뱃길을 따라 미끄러지듯 움직이곤 했다. 강어귀의 상류에 건설된, 거창하게 코르누아유[1]라는 이름이 붙은 거대한(그러나 굳이 필요할 것 같지도 않은) 그 다리는 생트마린이 변한 것처럼 보이는 이유이기도 했고, 그 마을이 변화했음을 명백히 보여주는 증거이기도 했다. 배로 강을 건너던 시절, 사람들은 굳이 그 강을 건너지 않았다. 배는 느리고, 소리가 요란했으며, 더러운 기름 냄새가 나고, 신발은 더러워졌었다. 그러니 무엇 때문에 강을 건너겠는가? 강 건너편의, 아무것도 없는 베노데로 가려고? 여름이면 온갖 사람들이 해변과 테라스 카페와 캠핑장에 우글거리는 곳으로? 강 건너편에는 이미 현대화가 이루어졌었으니, 그 강변에 대해서는 상상하는 것으로 족했다. 그곳에 정말 가고 싶으면 짐차나 자전거를 싣고 배에 올라타기만 하면 됐었다. 돈도 거의 들지 않았다. 공짜다시피 했다. 내 기억에 동전 한 닢이었는데, 할머니는 그것이 100수라고 말했을 것이다. 아니 그보다도 더 쌌던 것 같다. 어쩌면, 배가 떠나려 할 때 배 위로 뛰어오르던 열 살짜리 아이에게는 공짜였을지도 모른다. 강을 건너는 데는 10분이 걸렸다. 하지만 간만干滿의 차가 크거나 바람이 강하게 불 때면 배의 닻줄은 팽팽해졌고, 바다의 파도와 강의 소용돌이 때문에 마구 흔들리는 배는 삐걱거리는 소리를 내며 강어귀에서 표류했다. 강 건너의 마을은 완전히 다른 세상이었다. 당시 베노데는 도시였고, 피서객과 캠핑족에게는 만남의 장소였다. 생트마린에

---

1   영어로는 콘월Cornwall로서 영국 잉글랜드 서남부의 반도 이름인 동시에 과거에 사용되던 브르타뉴 남쪽 지방의 이름. 켈트인의 옛 전설을 소재로 하여 12세기 중엽에 프랑스에서 이야기로 엮은《트리스탄과 이졸데》의 무대가 되는 전설적 왕국의 이름이기도 하다.

서 베노데로 건너가는 것, 그것은 전통적이고 시대에 뒤떨어지고 사람들에게 잊힌 브르타뉴와, 길과 호텔과 카페와 영화관이 있고 특히 파라솔로 덮여 있어 해수욕하는 사람들로 넘치는 해변이 있는 현대적 브르타뉴를 분리하는 경계선을 넘어가는 것이었다. 그런 것들이 중요한지는 잘 모르겠다. 현대적인 것, 시끄럽고 북적대는 것에 큰 관심을 가졌던 어린 시절의 기억이 없다. 하지만 어른들은 그런 데에 관심을 가졌음이 분명하다. 왜냐하면, 어느 날 그들은 이제 더 이상 녹슬고 낡은 배나 캠페르 부두를 돌아가는 긴 뱃길로는 충분하지 않으니, 자동차와 관광객들이 자유로이 지나다닐 수 있는 다리를 건설해야 한다고 결론지었으니 말이다.

코르누아유 다리는 아주 멋지다. 나는 그 다리가 건설되는 것을 보지 못했다. 그때는 이미 우리가 더 이상 브르타뉴에 가지 않던 시절이었다. 낡은 자동차로 니스에서 그곳까지 가기에는 너무 멀기도 했고, 아마 아버지도 다른 곳을 보고 싶었을 것이다. 게다가 우리 형제도 많이 자랐다. 우리는 니스의 숨 막히는 더위 속에서 여름을 보내거나 영국 남부의 헤이스팅스나 브라이턴에서 **밀크바**를 들락거리며 여자 아이들을 쳐다보는 것이 더 좋았다.

몇 년 후, 나는 다시 그곳에 가서 그 다리를 건넜다. 다리로 접어들기 위해 우리는 3차선과 4차선 도로를 달렸고, 회전교차로와 연결도로를 지났다. 당시 한쪽 차선은 유료였고, 반대쪽 차선은 무료였다(그것은 분명 브르타뉴의 관습에 어긋나는 것이었다). 다시 말해서 그것은 사업이었다. 분명 은행들이 그 사업에 관여했을 것이다. 다리 위에 서니, 갈매기가 날아다니는 높이에서 오데강 하구 위를 나는 느낌이었다. 높은 곳에서 본 마을은 한없이 작아 보였다. 그 높은 다리가 얼마나 풍경을 작아 보이게 만드는지 보면서 나는 무척 놀랐다.

낚싯줄을 질질 끌면서 작은 배를 타고 강을 건너갈 때, 안개 가득한 연안의 신비와 시커먼 강에서 부는 회오리바람과 먼 바다인 글레낭군도를 향해 열린 넓은 강폭을 보고 있노라면, 오데강은 마치 아마존처럼 거대해 보였었다. 그러나 이제 그것은 다리의 그늘 밑을 흐르는 고요하고 조약하고 옹색한, 정박 장치에 묶여있는 작고 하얀 배들이 군데군데 박혀있는 강의 지류가 되어버렸다. 야생적이었던 강어귀는 몇 년 사이 뱃놀이하는 사람들을 위한 주차장으로, 집들과 나무들로 둘러싸인 일종의 초록색 물 광장으로, 말하자면 리아스식 해안으로 변해버렸다. 35미터 높이에서 시속 60킬로미터의 속도로 강을 건너는 자동차들의 지속적인 으르렁 소리를 들으면서, 열심히 고물 노를 저어 교각 사이를 지나는 두 소년에게 그런 모습은 어떤 느낌을 줄 수 있을까를 상상해보았다. 그곳은 완전히 도시적인 분위기였으며, 마치 댐처럼 단단하고 영원한 것이었다. 그 이후 다시는 그 다리로 가지 않았다.

내 유년기 시절의 생트마린을 재구성할 때 제일 먼저 떠오르는 것은 마을 입구의 학교 근처에서 시작되어 곶까지 길게 이어지는 자갈 섞인 흙길이다. 그 길의 양옆에는 집들이 줄지어 늘어서 있었다. 그 모습이 내게는 자연스러워 보였지만, 사실 그때도 이미 주거 환경은 혼합적이었다. 말하자면 가난한 브르타뉴 사람의 집과 파리 사람의 근사한 저택이 뒤섞여 있었다. 투박한 덧문과 횡목으로 장식된 나지막한 문이 달려있고, 이끼 덮인 청석돌 지붕 위로는 용

마루 꼭대기가 보이며, 벽돌 굴뚝이 있고, 돌로 지었음에도 회색 시멘트로 초벽을 발라 대부분은 초라한 브르타뉴의 집들이 하나씩 하나씩 늘어서 있었다. 그중 몇 집은 화강암 벽이 그대로 노출될 정도로 너무나 초라하고 너무나 낡았으며, 창문은 좁았고, 지붕에는 지푸라기가 얹혀 있었다. 그 집들 뒤에는 마늘과 양파와 강낭콩과 감자가 심어진 작은 채소밭이 보존되어 있었다. 그런 집들 한복판에 오데강 연안이 내려다보이는 커다란 정원이 딸린 파리 사람의 호화 별장들이 있었다. 오만한 자태를 뽐내는 별장들은 그 위로 합각머리와 탑이 보이는 높은 담과 어두운 초록색 페인트가 칠해진 무거운 철문들로 둘러싸여 있었으며, 정원 안에는 푸른 수국과 동백꽃 덤불이 무성한 화단과 하얗고 가느다란 자갈이 깔린 오솔길이 나 있었다.

생트마린이 다른 마을과 다른 점은 상점이 없다는 사실이다. 그러나 그것은 그 마을 사람들의 취향이 세련되었기 때문이 아니라 (오늘날에야 상점 없는 거리만큼 세련된 것이 어디 있겠는가?) 상점에서 팔 물건이 별로 없었기 때문일 것이다. 게다가 사실상 보잘것없는 그 집들 어디서나 필요에 따라 생선이나 새우나 게, 혹은 안뜰에서 캔 채소들을 살 수 있었기 때문이기도 했다. 그나마 상점이라 부를 수 있는 유일한 곳은 없는 것 없이 모든 것을 다 파는 일종의 만물상이었는데, 그 가게는 풀포리에 있는 비제 농장에 속해 있었다. 그 상점에 들어가기 위해서는 날카로운 소리가 나는 방울 달린 문을 밀기만 하면 됐다. 사람들은 그곳에서 필요한 것들을 샀다. 연유, 정어리 통조림, 완두콩 등의 저장식품들, 리터 단위로 파는 포도주('알라 알라'라는 이상한 이름의 알제리 포도주였는데 그 이름에 충격받는 사람은 아무도 없었다), 이것저것 뒤섞은 마른 채소, 화장지 같은 필수품, 성냥과 담배 같은 것들이었다. 특히 나를 황홀하게 한 것은 국자로 떠서 파는 젤리 같은 잼이었는데, 비록 그것이 사과잼이었는지 포도잼이었는지 아니면 마르멜루 열매로 만든 잼이었는지는 말할 수 없지만, 그 맛만은 잊을 수가 없다. 비제 상점은 빵을 파는 유일한 곳이었다. 캉페르에 있는 공장에서 만든 둥그스름한 큰 빵이었는데, 단단한 그 빵은 언제나 눅눅했기에 아이들이 그 빵을 사고 먼 길을 걸어 집으로 오면서 쉬고 싶을 때면 그 빵을 방석으로 사용할 정도였다. 우리 부모님은 그 빵을 거의 사지 않았다. 그 역겨운 흰 빵을 먹느니 차라리 크레프를 먹는 편이 낫다고 생각했기 때문이다.

생트마린의 취약점 중 하나는 식수였다. 비제 상점에서 멀지 않은 곳에는 공동 펌프가 있었다. 그 펌프는 공식적으로 주민들에게 식수를 공급하고 있었다. 각각의 집과 농장에는 우물이나 땅에 묻어둔 빗물저장탱크가 있었지만, 바로 그 옆에 물거름과 오염된 구덩이들이 있었기 때문에 그 물을 마실 수는 없었다. 빗물받이를 통해 흘러내리는 물도 탱크에 물을 공급했지만, 그곳으로는 이슬비에 젖은 지붕으로부터 소금기 담긴 물이 흘렀기에 그 물로는 그저 세수나 빨래 정도만 할 수 있었다. 주변에 있는 밭들은 기생충의 피해를 막기 위해 화학비료를 마구 뿌려댔다. 특히 도리포로스라는 해충의 피해가 심했는데, 이에 대해서는 나중에 다시 언급할 것이다. 닭과 돼지를 기르는 목장은 오늘날과 같은 규모는 아니었지만 (요즘은 닭 200여 마리를 기르는 양계장도 있다!), 그때부터 이미 가축들의 배설물이 많아지면서 질산염의 비율이 높아지기 시작했었다. 지금처럼 공해가 심하지는 않았더라도 거의 지금 수준으로 오염되고 있었던 것이다. 게다가 그 시절에는 아직 병으로 파는 물이 없었다. 아마도 신생아들을 위해서나 있었을 것이다. 그리고 바캉스를 보내러 파리에서 온 까다로운 인간들은 자동차에 물을 잔뜩 싣고 왔을 것이다. 당시에는 필터도, 펌프 위에 붙어있는 공식적인 법규도 없었다.

따라서 유일한 식수 공급원은 길 끝에 있던, 비교적 보존이 잘 된 깊은 우물에서 지하수를 끌어 올리던 손잡이 달린 펌프였다. 하루에 두 번씩 그곳에 가서 물을 길어오는 것은 우리 어린이들, 마을 모든 어린이의 임무였다. 10년 후, 내가 다시 생트마린을 방문했을 때 펌프는 여전히 그곳에 있었다. 하지만 녹슬고 연두색 페인트가 칠해진 그 펌프는 더 이상 사용되지 않았다. 작은 낚싯배의 닻줄을 감는 톱니바퀴 장치나 킬로미터를 나타내는 표석처럼, 그 펌프는 장식품, 즉 과거 시절에 대한 일종의 부적이 되었다. 그것은 정원에 있는 낡은 수레처럼 꽃다발로 장식되어 있었다.

내가 어렸을 때 사람들은 펌프를 사용했고, 사용되는 모든 것이 그러하듯 그 펌프는 무색이었다. 주철은 어두운 회색이고, 군데군데 녹이 슬어 있으며, 피스톤 주위에는 기름때가 끼어 있었다. 펌프를 사용하는 온갖 사람들이 만지는 바람에 손잡이는 반들반들했다. 펌프를 작동시키면 삐걱거리는 소리가 났고, 한참 있다가 가느다란 찬물 줄기를 불규칙하게 내뿜으면서 천천히 물병을 채웠다. 물병이 넘치도록 가득 차면 그 물병을 집으로 가져와야 했다. 아연이나 푸른 유약을 칠한 쇠로 만든 커다란 물병이었는데, 그 병에는

5리터에서 6리터 정도의 물이 들어갔다. 우리는 욱신거리는 손목이나 팔꿈치를 진정시키기 위해 자주 쉬어가면서, 물병이 흔들리지 않게 하려고 팔을 밑으로 내리고 천천히 걸었다. 펌프에서 **케르위엘**[2](바캉스를 보내기 위해 부모님이 엘리아 부인으로부터 빌린 집)까지는 아마 1킬로미터도 되지 않았을 테지만, 내게 그렇게 길게 느껴진 길은 별로 없었으리라! 아버지는 유약을 칠한 커다란 냄비를 부탄가스 난로 위에 올려놓고 그 소중한 물을 끓였다. 냄비는 그 용도로만 사용되었다. 그런데 물은 끓일수록 증발해버리기 때문에 냄비에 담긴 물의 양은 줄었고, 따라서 우리는 예상보다 더 빨리 펌프로의 여행을 감행해야 했다. 사람들은 종종 물 긷는 일이 마을 아이들의 삶에서 아주 유쾌한 활동이라고, 샘에는 늘 여자 아이들의 웃음소리와 남자 아이들의 고함소리가 울려 퍼진다고 말하곤 한다. 하지만 그것은 내가 간직한 기억이 아니다. 내가 기억하는 건 집들 사이로 나 있는 한없이 긴 거리, 태양빛 아래에서 균형을 잡기 위해 몸을 약간 기울인 채 물병을 들고 줄지어가는 아이들, 물병에서 용솟음치는 소중한 물의 찰랑거림 같은 것들이다. 하지만 그래도 그것은 즐거운 일이었다. 왜냐하면, 내 생각에, 그 일은 아이들에게 자신이 뭔가 쓸모있는 인간이라는 느낌을 주었기 때문이다. 물론 지금은 그저 부엌이나 욕실에 있는 수도꼭지를 틀고 물이 흐르는 것을 바라보기만 하면 된다. 하지만 나는 아직도, 그 소중한 액체 한 방울이라도 낭비하지 않기 위해, 수도꼭지가 제대로 잠겼는지를 늘 신경 쓰면서 확인한다.

---

2 '케르Ker'는 브르타뉴어로 집이란 뜻이다.

생트마린의 아이들(우리도 그들 중 일부였다)은 대부분 그 마을에 사는 어부들의 아들딸이었다. 오데 강가에 있는 멋진 별장에는 외지인 아이들도 많이 있었지만, 우리는 미사가 있는 날 성당에서가 아니면 그들을 거의 만나지 못했다. 우리에게 그 아이들은 신기했다. 그러니까 그들은 브르타뉴 아이들과 아주 달랐다. 우리는 울타리 너머로 혹은 대문 앞에서 발돋움하면서 그 아이들의 동정을 살폈다. 한 무리의 소년 소녀들이 좋은 옷을 입고 수건돌리기 놀이나 크로케 놀이를 하고 있었는데, 우리가 볼 때 그들의 놀이는 유치해 보였지만, 그들은 그 놀이를 즐기는 것처럼 보였다. 특별히 나의 마음을 사로잡았던 집은 곳으로 가는 도중 모게 마을에 있는, 여자아이들이 살던 빌라였다. 오데 강가의 위풍당당한 나무들이 있는 거대한 공원 한가운데에 있는 그 집은 청석돌로 된 뾰족한 지붕으로 덮여 있고, 빛들이 창이 나 있으며, 여러 개의 합각머리와 다양한 작은 탑들이 있는, 무엇보다도 꽃줄 장식의 쇠로 만든 대문이 달린 크고 아름다운 여러 층짜리 집이었다. 나는 정원을 구경하기 위해, 그러니까 양파밭이나 사과밭이 아니라 조약돌이 깔린 오솔길과 꽃밭이 있는 진짜 커다란 정원을 구경하기 위해 대문 위로 기어올라가곤 했다. 그 집 뒤로는 소나무 숲 너머로 강물이 반짝이고 있었다. 하지만 내 마음을 사로잡은 것은 정원이 아니라 그 집에 사는 소녀들이었다. 물론 그 정원에는 마을의 다른 정원과는 다른 신비하고 장엄하며 웅장한 무엇인가가 있었지만, 나의 관심은 온통 소녀들에게 쏠려 있었다. 대여섯 명의 소녀들이었는데, 그때 나는 그들이 당시 매우 명망 높던 프랑스 스카우트 연맹장의 딸이라는 것을 알게 되었다. 더 전설적이고 더 신비스럽고, 어쩌면 더 자극적으로 느낄 수 있게 하기 위해서는 그 소녀들이 전부 키가 크고, 날씬했으며, 금발 머리였다는 사실을 언급해야 할 것이다. 맏이는 아마도 열여덟 살, 막내는 여덟 살이나 아홉 살이었을 것이다. 나는 대문의 꽃줄 장식 사이로 그들을 관찰하면서 그들이 놀이하는 모습과 공원을 뛰어다니는 모습을 지켜보았고, 그들의 아름다운 노랫소리를 들었으며, 마치 꿈속에서 튀어나온 듯한 그들의 화사한 원피스, 밀짚모자, 머플러, 샌들을 유심히 관찰했다. 나는 한참 후에야 잉마르 베리만의 〈산딸기〉라는 영화에서 그런 모습을 보았다. 차이가 있다면, 문틈으로 훔쳐본 기억은 영화의 이미지보다 훨씬 더 현실적이고 훨씬 더 오래갈 정도로 강렬하다는 점이다.

우리가 자주 만나던 아이들, 벽에 기대어 앉아 배의 진입구로 사용되는 무거운 쇠를 쿵쿵거리며 오르는 소형화물차와 보행자의 움직임을 바라보고 있는 그 아이들을 우리는 주로 선착장에서 만났다. 아니면 강둑에 밧줄로 묶어둔 너벅선들 위에서 그 배들을 넘나들며 뛰어다니던 그들과 합류하기도 했다. 그곳은 만남의 장소였다. 그들은 브르타뉴 말로 서로에게 말을 걸었고, 농담도 했다. 우리는 **파리지아네**였기에 조롱의 대상이었지만, 따지고 보면 남쪽에 있을 때보다는 조롱을 덜 받았던 것 같다. 아마도 어쨌든 우리는 그 아이들과 닮았고, 그들의 언어로 몇 마디 응수할 수 있었기 때문일 것이다. 그 세대 사람들은 아직 브르타뉴어를 쓰던 환경에서 태어났다. 공립학교에서는 브르타뉴 '방언'(당시에는 브르타뉴의 언어를 그렇게 불렀다)을 금지했을지라도, 여름방학이 되면 그들은 언어의 해방을 만끽했다. 그것은 밖으로 나가고, 고함지르고, 모욕적인 말을 내뱉고, 서로 욕설을 퍼붓기 위한 언어였다. 다른 언어, 즉 **파리지아네**들의 언어는 잊어버린 채. 그것을 책들과 낡은 공책들과 함께 가방 속이나 구석에 처박아 버릴 수 있는, 석 달이라는 긴 시간이 아이들 앞에 펼쳐져 있었다.

그들의 부모나 조부모처럼 그들은 전부 브르타뉴 말을 했다. 그리고 나이를 먹으면서 그 언어를 사용하는 습관을 잃어버렸다. 언어를 잊어버려서가 아니라, 그것은 어린 시절의 언어, 과거의 언어, 돈을 벌 필요도 공부를 잘할 필요도 없던 시절의 언어이기 때문이다. 나는 그 아이들을 모두 기억한다. **야닉, 미켈, 피에릭, 이픽, 파올, 에르완, 팡슈, 수아직**이라는 이름과 그들의 애칭, 그리고 마치 지금과는 다른 세상에서 태어난 과거 혈통의 마지막 자손인 것처럼 보이게 하는 그들의 억양과 몸짓까지도 다 기억한다. 지금은 모두 변했다. 그들은 의사, 변호사, 상선 해병, 항구의 함장이나 배 조종사가 되었으며, 여자 아이들은 어머니나 할머니가 되었다. 그리고 일생 중 어느 결정적인 순간 프랑스인이 되기 위해 그들은 그들의 언어로 말하기를 멈추었다.

왜일까? 그들은 왜 저항하지 않았을까? 그들은 왜 브르타뉴어가 자신들을 열등한 계층으로 밀어 넣는다고 생각했을까? 왜 그 언어를 사용하면 가난이나 무지를 벗어날 수 없을 거라고 믿었을까? 내 세대 사람들, 그러니까 우리와 함께 놀고 우리와 브르타뉴 말로 이야기하던 그때의 그 소년 소녀들은 학교에서 브르타뉴어를 사용하면 벌을 받았다. 심지어 쉬는 시간에도 그랬다. 그것이 국가적 차원의 교육 강령이었고, 자신은 브르타뉴 말을 하면서도 교사들은 그 강령을 준수했다. 프랑스어는 공화국의 언어였다. 그것은 변하지 않았다. 정부가 최근에 발표한 성명은 코르시카어, 알자스어, 옥시땅어 등의 지방 언어에 대한 반감이 여전함을 확인시켰다. 지방 언어 중 가장 많이 사용되는 크레올어는 미래의 헌장에 언급조차 되지 않았다. 동일한 강령에 따라 남부 브르타뉴의 성직자에게는 예배나 설교에서 브르타뉴어를 사용하는 것을 금했다. 1960년대에 이르러 세대가 교체되면서, 생트마린과 콩브리에서 제식을 집행하던 늙은 주임사제들은 젊은 신부들로 교체되었다. 어린 시절, 우리는 그 신부님의 시중을 들던 복사服事였다. 초록색 옷을 입은 젊은 사제들은 프랑스어로 미사를 드렸다. 물론, 늘 감기에 시달리면서 설교 도중 소매에서 손수건을 꺼내 코를 풀거나 숨을 몰아쉬며 헐떡거리는 늙은 주임신부보다 그 젊은 사제들이 훨씬 보기 좋았다.

하지만 그 모든 것은 변화의 징후였지 원인은 아니었다. 브르타뉴어를 사용하지 않게 된 진정한 원인은 브르타뉴 사람들 자신에게 있었다. 그 시절, 브르타뉴 전체를 휩쓸고 지나가면서 체제를 완전히 뒤집어엎은 세찬 바람 같은 것이 불었던 것이다. 그들은 현대적인 것에 대한 유혹을 출신에 대한 수치심으로 착각했고, 조상들의 관습과 풍속을 계속 유지하면 후진성을 면할 수 없을까 봐 겁이 났으며, 수 세기 동안 시골 사람들이 감내했던 지긋지긋한 가난을 두려워했다. 그리고 국가는 통일에 균열이 생길까 봐, 그 기조를 유지했다. (고갱이 퐁타벵에 정착하여 브르타뉴 사람들과 여자 아이들을 그린 데에는 다 이유가 있었던 것이다. 이는 5년 후 그가 타히티섬 사람들을 그린 것과 같은 맥락이다.)

자신의 모국어, 이 세상에 태어났을 당시 남브르타뉴에서 통용되던 언어를 사용하면서 성장했음에도, 그 언어를 포기한 세대의 사람들은 종종 전쟁이 나면 항상 최전선에 투입되었다. 특히 마지막 식민지 원정이었던 알제리 전쟁에는 시골의 농민들이 동원되었다. 벌목 같은 험한 잡역에도 **거친 사람들**이 필요했다. 그런 일은 브르타뉴 사람이나 알자스 사람의 몫이었다.

확실히 내게는 그 어떤 변화보다도 이 변화가 가장 놀라웠다. 기술은 발전하고, 경작지들은 구획정리되었으며, 비탈면과 움푹 파인 길들은 사라지고, 문화적 동화가 이루어졌다. 그리고 복장, 헤어스타일, 생활 양식, 축제와 향연같이 문화적 소수 집단(하지만 브르타뉴 지방에서는 그들이 다수다)의 정체성을 드러내는 표시는 사라졌다. 이처럼 모든 것이 변화한 것은 당연했다. 그런 변화는 인식조차 하지 못했다. 하지만 한 세대도 아닌 10여 년 만에(나는 열다섯 살 때부터 스물다섯 살이 되었을 때까지 이곳에 오지 않았다) 전에는 늘 듣곤 하던 브르타뉴어 음악의 노랫말이 아무 데서도 들리지 않았다. 어린아이들의 입에서도, 광장에서도, 어부들의 배 위에서도, 교회에서도, 카페에서도, 시장에서도 들을 수 없었다. 나는 그것을 이해할 수 없었다. 이해할 수 없었을 뿐만 아니라 마음이 아팠다. 마치 요술지팡이를 휘둘러서 그곳의 사람들을 바꿔버린 것 같았다. 마을도 집들도 교회도 그대로였다. 하지만 무엇인가가 영원히 사라져버린 것 같았다.

어쩌면 내가 언어에 너무 큰 중요성을 부여하는 것은 아닐까? 사실 나조차도 브르타뉴어로 말하지 않았고, 어릴 때 알던 몇 마디 말도 기억에서 지워졌다. **디완** 학교의 탄생은 브르타뉴의 농촌 가정에서 브르타뉴어가 사라져가던 시기와 일치한다. 디완은 브르타뉴어로 '씨앗'이라는 의미다. 하지만 그런 시도는 별로 효과를 보지 못한 것 같다. 오늘날, 라디오를 통해 전역에서 브르타뉴어 방송이 들린다. 그런데 방송에서 화자들이 하는 말은 종종 프랑스어처럼 들린다. 그들의 브르타뉴어는 그 지방 특유의 선율, 이중모음, 연구개 모음, 그리고 '슈' 같은 마찰음 등이 가득했던, 내가 옛날에 듣던 소리와는 너무도 다르기 때문이다. 모르방 형제[3]나 고아덱 자매[4] 같은 민속 음악의 직계 후손들뿐만 아니라. 특히 **알란 스티벨**(브르타뉴어로 '기원'), **단 아르 브라**('위대한 사람'), 혹은 레리타지 데 켈트처럼 록과 선율과 대위선율을 뒤섞은 음악을 선보이며 새롭게 등장하는 브르타뉴 가수들의 출현은 어쩌면 브르타뉴어가 오래오래 살아남을 것을 약속하는 것이며, 마침내 그 언어가 자코뱅 당원들의 검열을 통과했음을 말해주는 것이리라. 캥페르와 로리앙에서 열리는 대규모 축제의 탄생은 우수의 정서가 강한 켈트족 역사를 통해 서로 연대감을 형성하는 계기가 된다. 음악은 언어와 다르다. 그래서 안개 낀 어느 저녁 날 황야에서 나팔수가 연주할 때, 그가 연주하는 악기가 브르타뉴 지방의 관악기건 스코틀랜드 지방의 백파이프건 나는 똑같은 전율을 느낀다. 나의 추억들은 그 감동과 뒤섞이면서, 순간 길고도 짧았던 나의 어린 시절을 되찾게 한다. 그러나 제2차 세계대전 당시, 브르타뉴의 독립을 위해서는 히틀러의 나

---

3 세 형제로 구성된 브르타뉴 음악 그룹. 1958년에 결성된 모르방 형제는 브르타뉴어와 대중문화 전승의 상징적 존재였다.

4 세 자매로 구성되어 1958년부터 1983년까지 활동한 브르타뉴 음악 그룹.

치 독일과 동맹해야 한다고 주장하며 투쟁했던 올리에 모르드렐과 로파르즈 에몽의 모호한 주장이 야기한, 이루 말할 수 없는 불행과 고통을 잊어서는 안 된다. 브르타뉴의 농민들은 독일의 프랑스 점령 당시 무거운 대가를 치렀다. 아마도 그들은 자신들의 본성에 어긋나는 그 동맹을 용서하지 않았으리라. 인종주의와 외국인 혐오증으로 얼룩진 이 수치스러운 동맹 이후, 켈트 문화권에서 유일한 독립국인 아일랜드에서 '켈트족'이라는 단어는 모욕적인 말이 되었다는 사실도 잊지 말아야 할 것이다.

부두 위의 배 주변은 아이들에게 만남의 장소였다. 노동자들이 일거리를 찾아 나서듯, 우리는 점심을 먹자마자 이른 오후부터 날씨에 상관없이 매일매일 그곳으로 갔다. 우리의 머릿속에는 너벅선을 타고 강어귀로 낚시하러 간다는 생각뿐이었다. 대부분의 아이들은 어부들의 아들딸이었다. 적어도 내가 보기에는 그랬다. 우리는 고물노를 저어가는 방법도, 밧줄을 던지는 비결도, 어부의 몸짓도 배웠다. 비제 씨의 가게에서 우리는 원래 동물 창자로 만들었지만 지금은 투명한 플라스틱으로 된 낚싯줄 20미터, 그물추, 낚싯바늘 등을 샀다. 낚시찌로는 코르크를 사용했다. 우리는 낚싯줄을 던졌고, 낚싯바늘을 톡톡 건드리는 작은 흔들림에 주의를 기울이면서 서서히 부드럽게 낚싯줄을 잡아당겼다. 물고기가 무럭대고 미끼를 물었을 때, 그 순간 낚싯줄 끝의 작은 입질이 주는 느낌만큼 감미로운 것은 없을 것이다. 그것은 놀이였지만 단순한 놀이 이상이었다. 10미터 깊이의 시커먼 강물 속에서 낚싯줄 끝으로 응답하는 하나의 생명체를 느낄 수 있었으니 말이다. 꽉 쥐느라 움푹해진 손가락을 통해 작은 흔들림이 일종의 전언처럼 전달될 때면 전율이 느껴졌다. 대체로 우리는 미끼만 빼앗긴 채 빈 낚싯바늘을 건져 올렸기에, '낚싯밥'을 가지고 미끼를 다시 달아야 했다. 미끼는 우리가 모래사장에서 파내어 빈 깡통에 담아두었던 벌레들이었다. 우리는 벌레의 머리를 잡고 그것을 낚싯바늘 끝에 꿰는 방법을 배워야 했다. 낚싯줄은 종종 해초 덤불이나 자갈들 속에 박히기도 했다. 그러면 밧줄을 꼬아 낚싯줄을 만든 후 새로운 낚싯바늘을 매달아야 했다. 우리는 대부분의 아이들과 함께, 특히 레이몽 자브리의 아들인 장과 함께 낚시 원정에 참여했다. 장 덕분에 우리는 그의 조부인 카도레 할아버지의 너벅선을 탈 수 있었다. 브르타뉴어밖에 할 줄 모르는 옛날 어부인 카도레 할아버지는 종종 우리를 인솔했다. 우리가 잡은 물고기는 대부분 가시 달린 끈적끈적한 망둑어였기에 우리는 그것들을 물속에 던져버렸다. 하지만 이따금 브레질이라는 휘황찬란하게 빛나는 등 푸른 고등어를 잡기도 했다. 이제 마을에는 아이들이 거의 없다. 바캉스 때면 종종 모래사장에서 바다에 발을 담그고 우스꽝스러운 새우잡이 그물을 손에 들고 서 있는 아이들이 보인다.

그 시절 우리가 우러러보았던 인물은 레이몽 자브리였다. 사실 그에 대해 아는 것은 별로 없었다. 사람들은 모두 그가 마을 최고의 어부라고 말하곤 했다. 날씨가 아무리 사나워도 매일같이 새우와 바닷가재를 잡기 위해 쳐놓은 통발을 들어올리러 나갔기 때문이다. 그의 손은 거칠고, 얼굴은 붉은색이며 주름이 깊이 패어있었다. 고기 잡으러 가지 않을 때는 그림을 그렸다. 어부나 풍경을 그린 소박한 그림들이었다. 엽서를 보고 그리는 경우도 종종 있었다. 그의 아내는 이따금 그의 새로운 그림을 보여주기 위해 우리를 초대하곤 했다. 오랜 세월이 지난 후, 더이상 생트마린에서 여름을 보내지 않던 시절, 나는 그의 딸 로즐린이 쓴 멋진 책을 통해 레이몽 자브리가 브르타뉴의 유명한 사업가였던 그웬아엘 볼로레 소유의 요트 리노트 3의 선장으로서 인생 중 많은 시간을 바다를 여행하면서 지냈으며, 아메리카부터 타히티에 이르기까지 모든 대양에 대해 해박한 지식을 가지고 있었다는 사실을 알게 되었다. 그는 아무에게도 그런 이야기를 하지 않았고, 아무에게도 그것을 자랑하지 않았다. 요트 항해를 그만둔 후에는 아주 자연스럽게 어부의 삶을 다시 살았다. 그는 바닷일로 생계를 꾸려가면서 그 시절을 살았던 뱃사람들과 어부들의 소박하고 진정한 영웅주의와 그들의 독립 정신, 그리고 산업화와 생선 도매시장에 대한 경멸을 상징하는 전형적인 인물이었다. 그들은 허세도 없고 쓸데없는 요구도 하지 않는, 그 시절에 대한 생생한 상징이었고, 독립적이고 진실한 브르타뉴 문화의 마지막 전형이었다.

이제 남은 것은 무엇인가? 현대 시대는 독립적인 사람에게 호의적이지 않다. 어쩌면 모르비앙만이나 셍 해협raz de Sein에는 아직도 작은 배를 타고 회오리바람과 돌풍 한가운데에서 낚싯줄을 던지는 사람이 있을지 모른다. 하지만 이제 그런 사람들은 예외적인 사람이 되었다. 내가 지금 이야기하는, 내가 열 살이던 그 시절에는 생트마린, 생게놀레, 록튀디, 길비넥 등의 마을에서 많은 사람이 그렇게 살았다. 용기와 기개가 있던 그 시절에는 해안 지역의 모든 마을이 결집했었다.

어쩌다 그 시대는 모두 사라졌을까? 1950년대에서 1970년대까지 그렇게 짧은 시간 동안 무엇인가가 엉기고 움츠러들면서 뒤로 물러나고 사라져버렸다. 그저 나무로 만든 배들의 골격이나 그물들의 잔재 같은 몇몇 흔적만이, 그리고 모래사장에는 낚시찌로 사용하던 유리알들만이 남아 있을 뿐이다.

물론 사람들은 80년대에 모든 해안가 마을에 닥쳤던 어업의 위기를 말하곤 한다. 그 당시 전문지식을 갖춘 고위 관료들이 탁상공론으로 만든 유럽연합의 법규는 과거 삶의 방식에 타격을 주었고, 브르타뉴에 살던 어부들은 자신들 소유의 선박을 버리고 통조림 제조공장의 노동자가 되었으며, 그렇게 활기차던 항구는 창고가 되어 아무런 인기척도 없다. 그 당시 어부들은 강력하게 저항했다. 91번 국도를 따라 렌에 있는 브르타뉴 의회까지 함께 행진하면서 시위했고, 경찰 부대와 파리에서 보낸 공화국 보안기동대에 맞서 싸웠다. 그해에는 의회가 불타기까지 했다. 마치 프랑스 대혁명 때 그랬던 것처럼 말이다. 하지만 그때 그렇게 저항했던 그 사람들은 대부분 사라졌고, 트롤선으로 대량 수확한 생선들도 사라졌다.

르 두르 부인

내가 애틋한 추억을 간직하고 있는 여인은 우리가 매일 우유를 사러 가던 농장의 주인 르 두르 부인이다. 그녀는 바다에서 멀지 않은 케르가라텍의 경계 지역에 있는, 화강암 벽에 초가지붕이 덮인 옛날식 작은 농가에 살았다. 나는 그녀의 이름도, 결혼 전 성도 모른다. 사람들은 그녀를 그냥 르 두르 부인이라고 불렀다. 그녀는 퐁라베 지방의 선율이 아름다운 브르타뉴어와 프랑스어로 말했다. 아주 어릴 때부터 언어에 관심이 많았던 형은 그녀에게 그 지역의 브르타뉴어를 배웠다. 그런데 얼마 후 그는 그녀가 쓰는 방언이 너무 오래되어서 그 말을 이해할 수 있는 사람은 극히 드물다는 사실을 알게 되었다. 그녀는 무슨 말을 했었나? 다른 모든 브르타뉴 사람들처럼 그녀는 날씨가 어떤지, 그리고 날씨가 어떨지에 대해 관심이 많았다. 그녀의 말을 들으면서 나는 그녀가 비와 구름에 대해 말할 때 사용했던 단어들을 알게 되었다. '빗방울'을 의미하는 글라오, 글라오빌, '억수같이 퍼붓는 비'를 나타내는 **글라오 탕**, '가랑비'를 뜻하는 **글라오 실**, '이슬비'를 가리키는 **글라우아에, 아이헨, 이비스트렌** 등…. **글라오 아 라 아바오에 데르아르헨트 데아르** ('그저께부터 비가 그치지 않는다') 같이 속담처럼 완결된 문장도 있다. 안개에 대해 말할 때도 그녀의 어휘는 무척이나 풍부했다. **알 라 타르, 뤼센, 리스텐, 아르 쿠브레그**, '바다에서 올라와 소나무 꼭대기를 가로질러 가는 안개'를 뜻하는 **브뤼멘 아 라이 앵 노즈**까지…

우유는 르 두르 부인 집으로 가기 위한 하나의 핑계였다. 물론 비제 씨네 가게에서 파는 양철통에 담긴 우유보다 르 두르 부인네 우유가 훨씬 더 맛있었다. 그 양철통이 늘 젖어 있다는 것은 누구나 아는 사실이니까. 우리는 매일 저녁 해가 떨어지기 전, 들판을 가로질러 사구 언덕의 가시양골담초 덤불 한가운데 있는 그 작은 외딴집으로 가는 것을 좋아했다. 그 집은 마치 요정 이야기에 나오는 집 같았다. 그곳에 도착하면, 거실로 들어가기도 전에 벌써 소들의 후끈한 냄새가 느껴졌다. 겨울에는 벽에 구멍을 뚫고 낸 창문을 통해 외양간의 열기가 들어왔다. 등불은 없었고 저녁이면 부인이 켜는 켕케식 석유등밖에 없었기에, 우리는 눈을 크게 뜨고 집 안으로 들어갔다. 어둠 속에서는 무거운 나무 테이블과 의자와 냄비 같은 물건들이 이상하게 번쩍거리고 있었고, 희미한 빛이 비치는 방 안쪽 벽에는 구리 못이 박힌 침대가 두 개 있었는데, 하나는 르 두르 부부를 위한 것이고, 다른 하나는 입양한 두 딸의 것이었다. 바닥의 땅은 다져져 있었고, 천장은 연기로 시커메진 들보로 막혀 있었으며, 들보 사이로는 지붕의 지푸라기 다발 안쪽이 보였다. 아프리카 나이지리아에서 유년기를 보낸 적이 있는 우리에게 그 광경은 그리

원시적으로 보이지 않았다. 하지만 이곳 브르타뉴에서 그것은 귀스타브 도레가 삽화를 그린 페로의 동화에 나올법한, 옛 시대의 신기한 매력을 선사했다. 그런 모습은 '가난'이라는 단어로는 표현할 수 없을 것이다. 그것은 현대 사회에서는 잊힌 과거로의 여행이 가능한 곳이라는 느낌을 주었다. 그렇다, 마치 그림 속으로 들어가는 것 같은 느낌이었다.

르 두르 부인은 작지만 다부지고 건강한 여인이었다. 그녀는 항상 검은 옷을 입고 있었고, 앞치마를 두르고 있었으며, 한 번도 정장을 한 적이 없었다. 틀어 올린 머리에는 요란한 레이스 모자 대신 작고 검은 구식 리본이 달려있었다. 그녀는 나막신을 신고 다녔는데, 집으로 들어올 때는 신발을 벗고 펠트로 만든 슬리퍼를 신었다. 우리는 그 집 안에서 한 번도 그녀의 남편을 본 적이 없다. 그는 항상 낡은 옷을 입고, 뒤꿈치가 갈라지고 진흙이 가득 묻은 신발을 신고, 머리에는 아일랜드식 챙 달린 모자를 쓴 농부였다. 그는 가늘고 호리호리한 남자였지만, 술을 마시면 난폭해지기도 했다. 그는 프랑스어를 한마디도 하지 않았다. 우리는 그가 술 취해 잠이 든 채 집 앞에 누워있는 것을 여러 번 봤다. 그럴 때면 우리는 성큼성큼 그 위를 넘어가야 했다. 그는 한 번도 우리에게 말을 건 적이 없었다. 그저 경계심 가득한 시선으로 우리를 바라보곤 했다. 우리는 그 집에 드나드는 유일한 외지인 아이들이었다.

르 두르 부부가 미사에 참석하는 것을 본 사람은 아무도 없었다. 그 당시에는 공산주의자들이 많았으니, 어쩌면 그들도 공산주의자였을 수도 있다. 그것은 14세기 자크리의 난과 대혁명 시절 공화국에 저항했던 올빼미당으로부터 물려받은 오랜 혁명의 전통이었다. 중세 말에는 그 지방의 농민들이 성주들을 전부 나무에 매달았고, 17세기에는 붉은 모자를 쓴 급진 혁명당원들이 퐁라베 지방에서 왕권이 잔혹한 탄압을 하게 된 원인을 제공하기도 했다. 나는 모리셔스 국적자로서 파리에 정착했던 우리 할아버지가 이곳에 바캉스를 보내러 왔을 때, 두아르느네 항구에서 노동자들에게 공격당한 일을 기억한다. 그들은 할아버지에게 욕설을 퍼부었고, 침을 뱉었다. 할아버지가 옷도 잘 차려입고 세련된 의사였다보니, 그들은 그를 신사 양반으로 간주했던 것이다.

르 두르 씨네 집에는 우리 또래인 각각 열 살과 열두 살짜리 두 여자 아이가 있었다. 둘째 자네트는 마르고 피부가 검었으며, 첫째 마리즈는 키도 크고 힘도 셌는데, 얼굴은 반듯하고 예뻤으며 항상 아름다운 머리칼을 틀어올리고 있었다. 두 아이는 르 두르 부부가 입양한 아이들이었다. 아마도 구호 기관이 그들 농장주 부부에게 그 아이들을 맡겼을 것이다. 매년 여름 우리는 그 아이들을 만났다. 내가 볼 때 그들은 하나도 변하지 않는 것 같았다. 그들은 이미 성숙해 보였고, 생트마린의 다른 아이들과는 절대로 같이 놀지 않았다. 하지만 그 아이들은 우리와 함께 걷는 것을 마다하지 않았다. 그들은 자기들끼리 밀담을 나누거나 우리를 비웃으면서 놀릴 때를 제외하고는 프랑스어를 잘했다. 다소 이상한 관계였다. 그들은 농부의 가정이 거둔, 버림받고 가난한 두 여자 아이들이었고, 우리는 두 명의 외지 소년들, 관광객, **파리지엔**, 성숙하기는커녕 철없고 버릇없는 아이들이었다. 생각해보니, 그들에게 방학에 만나는 이 두 소년은 돈(사실 돈이라야 엘리아 부인의 가게에서 사탕을 사 먹을 수 있을 정도로 아주 적었겠지만), 새 옷, 그리고 무엇보다도 친부모 등 그들이 가지지 못한 모든 것을 의미했을 것이다. 부모야말로 우리가 그들보다 우월하다는 가장 확실한 보증이 아니겠는가.

우리는 같이 놀지 않았을 뿐 아니라 서로 말도 별로 하지 않았다. 그들은 우리가 모르는 다른 세상, 아이들은 웃지도 즐기지도 않으면서 어린 나이 때부터 들판이나 집에서 노동을 배우는 세상에서 자라는 것 같았다. 그 아이들의 손은 삽질하고 빨래하느라 이미 거칠고 단단해져 있었다. 선창의 아이들과 놀 때처럼 그 아이들과의 접촉을 통해서도 우리는 브르타뉴어를 배울 수 있었으리라. 하지만 아마도 어른들은 그들에게 우리와 브르타뉴어를 말하는 것을 금지했는지도 모른다. 반대로 우리를 통해 프랑스어를 익히고 예절을 배우라는 지시를 받았을 것이다.

그 점에 있어서, 우리는 그리 좋은 선생님은 아니었다. 날씨가 좋으면 우리는 해변까지 가서 헤엄을 쳤다. 그 아이들은 옷을 입은 채 모래사장에 앉아 우리를 바라보곤 했다. 수영할 줄 몰랐을 수도 있고, 수영복이 없었을 수도 있다. 그들이 바닷가로 다가오면 우리는 그들에게 물을 뿌렸다. 그것은 심술궂은 일종의 놀이가 되었다. 여자 아이들은 맨발로 바다로 뛰어갔고, 우리는 그들을 울리려고 찬물을 퍼부었다. 하지만 그 아이들은 울지 않았다. 그들은 다시 돌아왔고, 우리는 다시 그들에게 물을 뿌렸다. 그러자 놀이는 점점 더 거칠어졌고, 잔인해지기까지 했다. 그때 나는 쾌감과 수치심이 뒤섞인 묘한 감정을 느꼈다. 두 소녀는 해변의 위쪽에 있는 탈의실 앞에 앉았다. 그러자 우리는 모래를 한 움큼 집어 어깨와 머리에 이를 때까지 그들에게 던졌다. 그 아이들은 모래를 피하지 않았다. 그저 몸을 구부리고 팔로 무릎을 끌어안으면서 눈과 입을 보호하려고 손으로 얼굴을 가렸다.

그럼에도 그 아이들 역시 그 놀이가 조금은 재밌었나 보다. 왜냐하면, 농장 일이 허락하는 한 그들은 토요일과 일요일마다 바닷가로 나왔기 때문이다. 매년 여름 우리는 그들을 다시 만나곤 했다. 그들은 여자 친구를 사귈 나이가 되기 전의 여자 친구였고, 우리의 놀림감인 동시에 또래 친구 같은 존재였다. 그들에 대한 기억은 희미하다. 동생 자네트의 눈은 매우 파랬고, 그녀의 덥수룩한 머리는 집시의 머리처럼 곱슬거렸으며, 어깨는 좁았다. 언니 마리즈의 윤기 나는 얼굴은 예뻤으며 몸은 통통했는데, 그 모습에서 이미 밭일하는 여자의 분위기를 느낄 수 있었다. 자네트나 마리즈라는 이름은 전혀 부르주아적이지 않았다(아그네스라던가 상탈이라던가, 카미유 같이 록튀디에 있는 엄마 친구의 딸들, 그러니까 상인이나 치과의사의 딸 이름과는 완전히 달랐다). 해변에서 장난치고 난 후 우리는 그 아이들을 농장까지 데려다주었고, 르 두르 부인은 우리에게 간식으로 크레프와 사과주 한 사발을 준비해줬다. 그것은 지금 우리가 먹는 고급 크레프나 짭짤한 내용물을 안에 넣은 메밀 갈레트가 아닌, 설탕도 버터도 없이 위에 부담을 주는 거친 밀가루로만 만든 **크랑푸젱**이라는 진짜 브르타뉴식 크레프였고, 사과주는 미지근했다 (찬 사과주는 분명 미국의 발명품일 것이다). 어린 시절에 먹던 모든 음식이 그러하듯(할머니 집의 하녀 마리아가 요리한 뇨끼, 혹은 나이지리아의 오고자에서 먹던 푸푸와 땅콩 수프처럼), 나는 그때 먹던 크레프의 맛을 아직도 기억한다. 연기 가득한 농가의 희미한 빛 속에서 느끼던 뜨겁고 깊은 그 맛, 도자기에 담긴 사과주의 탄닌, 뭔가 모르게 감미로우면서도 거친 그 맛을 기억한다. 가축 냄새, 열린 문 사이로 보이는 희미한 빛, 선반 위의 그릇과 방패와 꽃이 장식된 덮개 달린 침대에 박힌 못들 위로 반사되는 켕케식 양등의 반사광, 그리고 두 소녀의 소박한 웃음에 대한 기억도 생생하다. 그 웃음은 그들에게 물을 뿌리고 그들의 머리에 모래를 한 움큼 던지던 우리의 폭력적 행동에 대한 복수였으리라.

바르 엉 헨트 (길 위에서)

우리는 매년 여름 콩브리에 있는 코난 정비공장에서 빌린, 드레
식 자전거[5]처럼 무거운 고물 자전거를 타고 움푹 파인 길을 달리곤
했다. 그 길들은 들판과 작은 숲들 사이로 나 있었으며, 고사리와
가시양골담초로 뒤덮인 두 개의 높은 경사지('경사지'는 브르타뉴어
로 **클뢰지우**kleuziou, 그러니까 우리 가문의 이름이다) 사이에 박혀있
었다. 우리는 종종 자전거 바퀴 밑으로 땅이 진동하는 것을 먼저 느
끼곤 했다. 그러면 우리는 경사면을 올라가기 위해 자전거에서 내
려와, 뿔을 앞으로 내밀고 우리를 짓밟으려는 듯 빠른 걸음으로 가
고 있는 소 떼가 지나가게 길을 비켜서곤 했다. 하지만 소들은 바보
가 아니었기에 자전거를 피해서 걸었다.

생트마린에서 퐁라베로 가기 위해서는 콩브리를 지나야 했다.

---

5   1817년 바덴의 다례 남작이 고안한 자전거의 전신으로서, 두 개의 바퀴와 손잡이가
달려 있다. 페달이 없어 발로 땅을 밀어 바퀴를 움직이게 한다.

그런데 생트마린과 콩브리 사이에는 이리저리 돌아다닐 수 있는, 소나무 숲과 방목장을 지나는 여러 갈래의 길이 있었다. 가다 보면 작은 마을도 있었고 외딴 농가들도 있었다. 아직 '구획정리'가 시작되기 전이었다. 구획정리라는 격변을 통해 대지주들은 부자가 되었고, 가난한 농부들은 사라져버렸으며, 몇 년 만에 허덕이던 경제를 오늘날 소위 '농산물가공업'이라 부르는 체제로 둔갑시켰다. 관광객이나 피서객들이 그런 현상을 한탄하기는 쉽다. 하지만 많은 농촌 사람에게 그것은 극심한 가난의 종말을 의미했다. 지금도 여전히 사람들은 종종 나이 든 농부들이 빈자 수용소에 갇힌 채 생을 마감하지 않기 위해 기꺼이 몸을 던지던 우물에 대해 말하곤 한다. 화강암과 짚으로 된 작은 농가들은 이제 별장이 되었고, 그곳에서 자란 아이들은 고향을 떠나 공장에서 일하기 위해 파리로 갔다.

아니, 과거 브르타뉴 농촌의 전통적인 삶을 그리워할 수는 없다. 설사 그 기억이 예쁘게 엮인 초가지붕, 브르타뉴의 상징인 흰담비가 조각된 들보, 지붕 서까래 위에 널빤지를 대기 위해 수거한 유목流木, 바닥을 반암盤巖처럼 단단하고 반짝이게 하려고 양의 피와 섞어 잘 다진 땅, 웅장한 벽난로, 옷장과 덮게 달린 침대와 테이블과 긴 의자와 결혼식 궤 등의 아주 오래된 멋진 가구, 식기장의 못에 걸린 사암 그릇, 검게 그을린 스튜 냄비, 크레프 만드는 프라이팬, 그리고 브르타뉴 사람과 스코틀랜드 사람과 웨일즈 사람에게 익숙한 오트밀인 유드를 만드는 냄비 등 다시는 돌아올 수 없는 것에 대해 감미로우면서도 쓰라린 향수를 자아낼지라도, 그 과거의 삶을 마냥 그리워할 수는 없다. 지금의 농장에서는 과거의 잔재를 전혀 찾을 수 없다. 매끈매끈하고 커다란 참나무 테이블은 베니어합판 테이블로 교체되었다. 사람들은 한때 외판원들이 감언이설로 순진한 농부들을 꼬드겨 골동품과 싸구려 물건과 맞바꾸게 했다고 우기기도 했다. 이제 현대 사회의 안락함은 당연한 것이 되어버렸다. 낡은 벽시계, 브르타뉴 지방에서 남자가 청혼할 때 여자에게 주는 나무 숟가락, 조각된 궤 같은 것들만 가끔씩 과거의 삶을 기억하기 위한 소중한 추억처럼 끈질기게 주목받고 있을 뿐이다.

멧돼지와 노루와 여우와 오소리가 살고 있어 주인이 없는 것처럼 보이는, 숲속으로 난 움푹한 길은 우리를 오데강 유역까지 인도한다. 여기저기 돌아다니던 도중 나는 어린 설치류 한 마리를 잡아 웃옷 주머니에 넣었다. 그놈은 내 테이블 위의 상자 안에서 하루 종일 잤다. 하지만 밤이 되자 부지런히 움직이다 결국 테이블에서 떨어지면서 목이 부러지고 말았다.

퐁라베로 가는 지방도로는 제대로 된 유일한 길이었는데, 그 도로에서 캉페르로 가는 국도로 빠지는 길이 있었다. 당시 그 길은 아주 좁고, 함정과 움푹한 구덩이 등 여러 장애물 때문에 구불구불했다. 간혹 언덕길을 낑낑대며 다니는 트럭과 자동차가 있을 뿐 왕래가 별로 없는 길이었다. 경사가 급해지면 우리는 자전거를 밀면서 올라갔고, 내려올 때는 퐁라베와 랑부르의 교회로 이어지는 긴 내리막길을 전속력으로 질주했다. 지금은 아이들이 목숨을 걸지 않고서야 어떻게 그런 짓을 할 수 있을까? 지금 퐁라베의 길들은 대부분 국도의 일부가 되었고, 자동차들은 시속 100킬로미터의 속도로, 기계가 분노를 뿜어내듯, 달리는 차가 보이지 않을 정도로 빠르게 서로를 앞지르며 돌진한다.

언덕 밑에 이르렀을 때, 우리는 퐁라베의 마을에 처음 도래한 뮤

명의 흔적인 하얀색과 붉은색이 칠해진 크고 흉물스러운 르노자동차 정비공장이 어디 있는지 살피곤 했다. 지금은 그 공장을 찾기 어려울 것이다. 마을 주위는 건축물과 상점과 창고와 쇼핑센터 등이 점령했으며, 건물들 여기저기에는 커다란 글씨가 쓰여있고, 현수막과 삼각 깃발들로 겹겹이 둘러싸여 있다. 도시는 커졌지만 오히려 더 작아진 듯한 인상을 준다. 훼손된 교회의 탑은 이제 납작한 지붕들 위로 보이지 않았다. 아마도 바로 그것이 과거에는 그리도 특색있게 보였던 이 지방에서 느끼는 가장 큰 변화일 것이다. 마을과 마을 사이의 야생적 공간은 점점 줄어들었다. 건물들이 들어섰고, 여기저기에 광고 문구와 상품명들이 붙어있으며, 슈퍼마켓을 알리는 광고판, 길 위의 표지판, 회전교차로, 우회도로, 신호등 들이 모든 공간을 차지하고 있다.

보행자들은 어디로 갔을까? 우리가 자전거를 타고 퐁라베를 가로지를 당시에는 어디에서나 사람들이 걷고 있었다. 마을도 길도 광장도 보행자들로 가득했었다. 노인, 젊은이, 노동자, 유모차를 끌고 가는 엄마, 그리고 우리 같은 아이들이 길을 따라, 거리 위에서, 광장에서, 사방에서 대여섯씩 무리를 지어 걸어 다녔다.

특히 자전거가 많았다. 중국만큼은 아니었지만 도처에서 자전거를 볼 수 있었다. 전기 자전거도, 험한 지형을 달리는 자전거도, 스쿠터도 아니었다. 도금한 선반이나 인조가죽으로 된 짐받이 가방과 고무 흙받기가 달린, 무겁고 변속장치도 없는 데다가 번쩍거리는 검은색이 칠해진, 그냥 구식 자전거였다. 막대기 모양의 브레이크와 발전기와 야간 반사등도 달려있었다. 사람들은 전부 자전거를 타고 다녔다. 걷기 힘든 노인도, 헝겊 모자를 쓰고 검은 옷을 입은 여자도. 그들은 갓길로 다니면서 채소 바구니와 과일 상자와 빨랫감을 실어날랐다. 경사가 너무 급하면 그들은 자전거에서 내려 자전거를 밀었다. 아니면 비탈길에 앉아 자전거를 풀 위에 쓰러뜨려 놓은 채, 담배를 피우거나 담소를 나눴다. 그때는 아직 자전거 바퀴 고정대가 발명되지 않았기 때문이다. 도난방지장치도 존재하지 않았다. 우리는 퐁라베나 캥페르에서 자전거를 벽에 기댄 채 상점 앞에 놔뒀다. 모두가 그렇게 집 앞이나 정원 입구에 자전거를 놓아뒀다. 아무도 말이나 소처럼 자전거를 붙잡아 맬 생각을 하지 않았다. 배들을 그냥 두었다가 밀물 때 모래사장 위로 끌어당기듯이, 사람들은 자전거를 묶어두지 않았다. 배든 자전거든 도대체 누가 훔쳐 가겠는가? 어딜 가려고? 종종 집의 대문도 잠그지 않았던 것 같다. 나는 주머니 속에 열쇠를 넣고 다녔던 기억이 없다.

코스케성

매년 여름, 8월 중순이면 코스케성에서 축제가 열렸다. 진부하게 들릴 수도 있겠지만, 그것은 다른 아무 곳에서도 본 적이 없는 꿈의 축제였다. 브르타뉴어로 '오래된 저택'이라는 뜻을 가진 코스케성은 콩브리로 가는 길에 있었는데, 방목장 중심에 있는 솔밭 한가운데에 숨어있어 잘 보이지 않았다. 뾰족한 모자 모양의 작은 탑과 총안을 낸 탑들이 있고, 치장용 벽토와 장식 띠로 꾸며진 그 성은 건축가 비올레르뒥[6]이 소중하게 생각했던 중세 양식을 자랑하는 요정 이야기에 나오는 성이었으며, 일종의 하얀 환상 속 세계였다. 그 성에는 여러 창문과 천창이 달려있었고, 안쪽으로 휘어진 돌난간이 있는 계단 위에는 틀 달린 문이 하나 있었다. 과도하게 장식적이고 기교적이며 비현실적인 그 성은 과거 촌사람들과 혁명가들

---

6 Eugène Viollet-Le-Duc(1814~1879). 프랑스 대혁명 중 손상되거나 버려진, 많은 중세 건물들을 복원한 프랑스의 건축가.

에 의해 불태워진 저택의 환영처럼 보였다. 그 성의 주인 역시 현존하는 구시대의 인물이었다. 소문에 의하면 모르트마르 후작 부인은 십자군 전쟁 시절로 거슬러 올라가는 유서 깊은 귀족 가문의 후예였다. (그녀의 이름은 성경에 나오는 소금 바다 사해死海[7]와 예루살렘 왕국을 연상케 한다.)

축제일을 제외하고는 아무도 성안으로 들어갈 수 없었다. 그 성은 멀리서도 나무줄기들을 통해 볼 수 있는, 숲의 그늘 안에 있는 모호한 신기루 같은 것이었다. 그러나 여름 더위가 한창인 8월의 그날은 후작 부인이 영지의 대문을 활짝 열었고, 주변에 사는 어부와 농부, 우리 같은 관광객, 모자 쓴 수녀 등의 이웃 주민들은 성안으로 들어갈 수 있었다. 풀밭 위에서는 경품을 추첨했고, 아이들을 위한 놀이도 있었으며, 간식도 나왔다. 자루 속에 하반신을 넣고 달리는 경주도, 브르타뉴식 씨름 경기도 벌어졌다. 그리고 브르타뉴의 전통악기 바가드의 연주도 있었다.

후작 부인은 모습을 드러내지 않았다. 아마도 너무 나이가 많아, 창문 밑에서 축제가 진행되는 동안 성안에 머물고 있었을 것이다. 어렴풋하게 대문 위에 있는 2층 창문을 통해 흰옷을 입은 가냘픈 모습의 후작 부인을 본 기억이 난다.

후작 부인은 마을 사람들 모두에게 존경받았다. 사람들 말에 의하면, 제2차 세계대전 중 장교들을 거주시키기 위해 독일군이 그녀의 성을 징발했을 때 그녀는 완강히 저항했다고 한다. 점령군 사령부에 대항하면서, 그녀는 침략자들과 성을 나눠 쓰느니 차라리 성

---

7 '모르트'는 프랑스어로 '죽은mort'이라는 형용사를, '마르'는 바다 '메르mer', 혹은 물결이나 파도를 나타내는 '마레marée'를 연상케 한다.

을 떠나 캥페르에 있는 친척 집으로 거처를 옮기는 길을 택했다고 한다. 정복자들과의 동거를 거부하는 것, 그것은 노부인이 보여줄 수 있는 유일한 영웅적 행위였고, 콩브리 사람들은 그런 부인에게 감사의 마음을 가졌다.

무슨 일이 있어도 우리는 그 여름 축제를 놓치지 않았을 것이다. 가끔은 여름 소나기 때문에 밤이 되기도 전에 축제를 끝내야 할 때도 있었다. 들판에는 풀들이 베어져 있었으며, 지푸라기들이 내뿜는 열기는 우리를 열광케 하고 흥분시켰다. 우리는 동네 아이들과 함께 모기떼를 쫓으려고 예리하게 풀 벤 자국이 남아 있는 그루터기들 사이를 뛰어다녔다. 희극 배우 루이 드 퓌네스의 영화에나 나올법한 수녀님들의 자동차 시트로앵 2 CV(되 슈보)[8]는 들판을 가로질러 달렸다(그러니까 드 퓌네스의 영화는 사실에 기반한 셈이다). 한 무리의 남자들은 브르타뉴 씨름 시합이나 원반던지기 놀이를 구경하기 위해 모여 있었다. 확성기도 없이 브라스밴드의 음악이 울려 퍼지면서, 그 위로 브르타뉴 지방의 전통악기인 비니우와 봉바르드의 날카로운 음이 더해졌다. 정오 무렵에는 브르타뉴의 전통 의식인 순례제를 거행하기 위해 야외 미사가 열렸다. 하지만 그 순례제는 콩브리의 노주임사제가 주관하지 않았다. 도시의 젊은 사제가 프랑스어로 설교했고, 신도들은 찬송을 불렀으며, 〈성녀 안 수녀〉 같은 몇몇 찬송은 브르타뉴어로 불렸다. 오후에 돼지고기 가공품과 크레프 등으로 뷔페 식사를 마친 후에는, 게임, 경기, 씨름 등

---

8 프랑스의 자동차 제조사 시트로엥이 1948년부터 1990년까지 생산한 경차. 영화 〈멍청이Le Corniaud〉에서 주인공 루이 드 퓌네스가 탄 차이기도 하다.

과 더불어 축제가 다시 시작되었다. 그리고 저녁이 되면 무도회가 열렸다. 하지만 우리는 이미 자전거를 타고 그곳을 떠난 후였다.

그 모든 것의 중심에는 후작 부인이 있었다. 사람들은 그녀를 볼 수 없었지만, 그녀는 2층에 있는 자신의 방에서 축제의 떠들썩한 소리를 듣고 있었다. 우리는 마치 그녀가 창문으로 호리호리하고 고풍스러운 모습을 드러내고 우리에게 미소를 지을 것만 같아 창문을 바라보곤 했다.

누가 그것을 기억할까? 20년이 지난 후 나는 코스케성을 다시 보고 싶었다. 그러나 요정 세계의 성은 사라졌다. 화강암으로 지어진 작고 수수한 낡은 농가가 숲을 등지고 남아 있을 뿐이었다. 후작 부인은 오래전에 세상을 떠났고, 상속인들은 비용이 많이 드는 하얗고 거대한 그 저택을 없애버리고 싶었다. 심지어 그들 중 한 명은 경멸조로 내게 이렇게 말하기도 했다. "뭐라구요? 케이크처럼 생긴 그 성이 그립다고요?" 새로 난 도로는 그 숲의 일부를 훼손시켰다. 어린아이들의 마음을 사로잡았던 영토는 점점 줄어든 것 같았다. 약간의 목초지와 솔밭이 남아 있을 뿐이었다. 자동차들이 오가며 감시하는 세상에서 신기루는 살아남을 수 없다.

생트마린, 그곳에서는 물 냄새가 난다(한국어에서는 향기로운 물도 '향수'香水고, 고향을 그리워하는 마음도 '향수'鄕愁라고 한다). 선착장에서 강변을 따라 배가 출발할 때면, 톡 쏘는 듯 자극적이고 시큼하고 썩은 냄새, 매운 야채의 냄새, 낚싯밥의 냄새, 그리고 중유의 냄새가 뒤섞인다. 또한 밀물 때 강물은 시커먼 색이 되고, 썰물로 인해 모래사장이 드러날 때면 투명해지면서 거의 노란색이 된다,

나는 아이들이 낚시할 때 쓰던 브르타뉴어 단어들이 기억나지 않는다. '고물노를 저으러 간다'는 **아-파올레오**, '낚싯줄을 던진다'는 **크로그 에**, '낚싯바늘' **이근**, 낚싯밥으로 쓰던 미끼 **부에드**, 생선 대가리에 칼끝을 찔러 넣어야 할 때 쓰는 **아 트리앙트** 등 몇몇 단어가 생각날 뿐이다. 하지만 브르타뉴어로도 프랑스어로도 흐르는 강물에서 표류할 때의 그 감동이나 소용돌이치는 물의 흔들림, 물에 반사되는 찬란한 햇빛, 그리고 물소리를 표현할 수 없다. 너벅선 안에서 먼지처럼 내리면서 우리 옷을 적시곤 했던 보슬비가 올 때조차 깡통으로 퍼내야 했던 강물, 그 강물은 몽상에 잠긴 우리를 꿈속의 강, **스테르 아르 소렌**으로 데려가면서 시간을 뛰어넘게 한다.

추수

찌는 듯한 더위에 대해서도 말해야겠다.

8월이면(브르타뉴어로 8월은 **미제쉬**, 즉 '추수하는 달'이다) 해변으로 가는 길은 단단했으며, 맨발로 걷는 우리의 발바닥이 화끈거릴 만큼 몹시 뜨거웠다. 우리는 예전에 나이지리아에서 산 적이 있는데, 그곳에서는 불타는 태양으로 붉은 땅이 쩍쩍 갈라졌고, 건조시켜야 할 진흙 항아리는 잘 구워지곤 했다. 브르타뉴에서는 사구의 모래에 엉겅퀴 씨가 가득했다. 우리는 모래사장을 마구 달려가서는 사구 위에 쓰러져 누워 구름을 바라보곤 했다.

더위가 한창인 여름, 추수는 인생의 중대한 순간처럼 다가왔다. 그것은 요즘도 다르지 않을 것이다. 프랑스 전역의 시골길에 비행기 타이어가 달린 거대한 기계들이 갑자기 나타나서 활발히 움직이는 것만 봐도 알 수 있다. 날과 쇠스랑과 긁는 도구가 삐죽이 솟은 그 기계들은 밭을 지나가면서 밀을 베고 타작했으며, 헐벗은 들판에 초록색이나 분홍색 비닐봉지로 묶은 지푸라기 더미들을 던져놓았다. 그 모습은 한 폭의 초현실주의 그림 같았다. 그 당시, 그러니까 1950년 당시 생트마린에서는, 프로방스의 로크비에르 근처 산에서 내가 보았던 것과 달리, 이미 낫으로 밀을 베지 않았다. 모터 달린 탈곡기는 19세기 말 미국에 처음 등장했고, 그 이후 곧바로 유럽에 도입되었다. 브르타뉴에서는 기계화로 인해 선조들의 경작 방식이 사라졌다. 말도, 소가 끄는 쟁기도 과거의 기억 속으로 사라졌다. 생트마린의 경우, 탈곡기를 빌려 콩브리 마을 주변에 있는 들판에서 하루 만에 추수를 끝냈다. 타작은 케르가라렉 지역에 있는 코섹 가문의 농장처럼 큰 농장에서 했다. 그것을 축제라고 말하는 것은 사실을 크게 왜곡하는 것이다. 그것은 하나의 사건이요, 고난이요, 전쟁이었다. 만일 비가 온다면 곡식이 발효될 수 있기에 그것을 피하려면 하루 만에 모든 것을 끝내야 했다. 추수되어 밭에 널려 있는 여러 집 소유의 밀은 트랙터가 끄는 화차에 실려 각 농가로 운반되었다. 농가의 마당 한가운데에는 쇠와 나무로 만든 일종의 기념물처럼, 가죽 띠로 모터에 연결된 탈곡기가 설치되어 있었다. 그 탈곡기는 낡아빠진 구닥다리였지만 기가 막히게 정교했다. 기계의 키로 보아서는 구닥다리였지만, 체계적으로 움직이는 모터 덕분에 무엇이든 다 할 수 있다는 점에서는 매우 현대적이었다.

사람들이 언제 타작할지는 어떻게 알았냐고? 후작부인의 축제와 마찬가지로 우리는 그것을 본능적으로 알았다. 왜냐하면, 타작은 매년 여름 이루어지고 우리는 그것을 절대 놓치지 않을 것이기 때문이다. 어쩌면 전국의 들판에서 들리는, 추수하는 트랙터의 윙 윙 소리로 알았을지도 모른다. 그 당시 (브르타뉴 북부지방인 코트다르모르는 아직도 그렇지만) 밀밭은 바다 앞 사구가 보이는 곳까지 넓게 펼쳐져 있었다. 추수 때면 모든 사람이, 심지어 우리 같은 관광객들도, 극도로 흥분했다. 추수하는 날 바로 전 일요일에 콩브리의 늙은 주임사제는 브르타뉴어로 설교를 마치면서 좋은 날씨를 위해 기도하라고 신도들을 부추기곤 했다. 마을 사람 누구나 추수에 대해 말했고, 모두가 추수를 기다렸다. 농부건 어부건 상인이건, 늙었건 젊었건 모두 그 순간을 기다렸다.

아침 일찍, 곡식 다발을 가득 실은 수레를 견인하는 트랙터들이 왔다 갔다 하면서 추수가 시작되었다. 정오가 되기 전, 사람들은 탈곡기의 모터를 작동시키기 시작했다. 오늘날 사진에서 볼 수 있는 옛날식 타작 장면은 내 기억 속의 그것과는 좀 다르다. 그 이미지들은 아주 멀리 느껴지고 토속적으로 보이기도 한다. 거기에서는 노동의 분위기가, 서민의 에너지가 느껴지지 않는다. 우리는 기계로 작동하는 장난감에 매료되는 흔한 아이들이었고, 그런 우리에게 탈곡기는 아마도 위협적일 만큼 어마어마하게 크고 힘이 세 보였을 것이다. 그것은 마당에 돌덩어리를 고정하여 설치한 받침대 위에 놓인 높다란 기계였으며, 그 기계에서 출발한 톱니 달린 컨베이어 벨트는 곡식 다발을 탈곡기의 입구로 끌어 올렸다. 시끄러운 모터 소리, 더러워진 기름 냄새, 회전대의 진동, 그리고 곡식 다발을 운반하는 사다리 가로대의 급하고 불규칙한 움직임 등 이 모든 것들은 경이로운 장면을 연출했다. 남자들은 기계 주위에서 부지런히 움직였다. 몇몇은 밀 이삭에서 밀을 추출하기 위해 세 발 갈퀴를 들고 트랙터가 끄는 수레 안에 서 있었고, 다른 이들은 기계 위로 올라가서 곡식 다발을 탈곡기의 물림 장치로 밀어 넣었다. 그러면 밀은 기계 밑으로 흘렀다. 그 밑에서 노동자들은 갈퀴를 가지고 땅바닥에 밀을 펼쳐놓았다. 밀짚은 기계의 다른 쪽으로 떨어져 커다란 더미가 되어 쌓인 후 다발로 묶였다. 그것은 나중에 숯 굽는 장작더미를 만들 때 쓰일 터였다. 그 모든 과정은 시끄러웠고, 격렬했다. 농가 마당 한가운데에서는 먼지가 뽀얗게 일어나 땅과 천장과 입고 있는 옷을 완전히 뿌옇게 뒤덮었다. 눈은 따가웠고, 기침이 나서 콜록거리곤 했다. 대부분의 일꾼들은 모자를 썼고, 그중 몇몇은 카우보이처럼 수건을 묶어 입을 가리고 있었다. 소음과 부산스러움과 곡물 가루의 매캐한 냄새는 내 기억 속에 그대로 남아 있다. 우리는 어리고, 남쪽에서 온 도시인이며, 방학을 보내던 학생이었지만, 그 열광과 시골 사람들이 느끼는 승리의 기쁨에서 벗어날 수 없었다. 역사나 지리 수업에서 배울 수 없었던 무언가를, 우리를 우리의 먼 과거와 연결하는 무언가를(왜냐하면, 모리셔스를 떠나기 전 우리 가족은 완전히 농부의 세계에 속해 있었기 때문이다), 아니 단지 우리의 과거뿐 아니라, 인류 전체의 과거와 연결하는 무언가를 느꼈다.

추수 축제는 저녁까지 계속되었고, 밤까지 연장되기도 했다. 나는 케르위엘에서 나와 농가 방향으로 걸어갔던 기억이 난다. 마당 한가운데에서 아직도 뿌연 먼지를 비추고 있는 환하게 켜진 불을 보기 위해, 그리고 탈곡기의 벨트를 작동시키고자 끈질기게 캑캑거리는 가솔린 엔진 소리를 듣기 위해. 나는 많은 아쉬움을 남기고 케르위엘로 돌아와야 했다. 그리고 그날 밤, 나는 잠을 이룰 수 없었다. 밀이삭을 삼키던 거대한 기계의 이미지가 여전히 내 머리를 떠나지 않았기 때문이다.

밤거리를 배회하다

하늘에 별이 가득했던, 너무도 고요한 여름의 밤들이었다. 나는 잠을 이룰 수 없었다. 신경이 곤두서면서 신경 줄이 미세하게 떨리는 느낌이었다. 그래서 나는 자리에서 일어나, 식당으로 사용하던 거실에서 주무시는 할머니를 깨우지 않으려고 조용조용 아래층 창문을 통해 밖으로 나왔다. 밖에 나오니 달빛이 사구로 향하는 길을 하얗게 비춰주었다. 돌풍이 불었으며, 나는 솔잎이 부딪히는 소리 너머로 먼 곳으로부터 들리는 웅웅대는 소리를 들었다. 그 소리는 모터 소리처럼 지속적이었다. 그러나 그 소리는 활기차고 규칙적이었으며, 내 호흡과도 내 목의 동맥에서 들리는 심장 고동 소리와도 뒤섞이는 숨결 같았다.

나는 무섭지 않았다. 무섭지 않았던 것 같다. 집들을 다 지나고 사과밭도 지나면 해변 왼쪽의 황야 사이로 세관원들의 오솔길[9]이 나 있었으며, 그 길은 곶으로 가는 방향으로 망망대해를 따라 길게 이어지고 있었다. 우리는 종종 낮에 그 길을 지나 썰물 때 생긴 물구덩이가 있는 곳으로 갔고, 그곳에서 삿갓조개와 새우를 잡아 해변에서 구워 먹곤 했다. 밤에는 조수에 대해 아무것도 알 수 없다. 물구덩이는 보이지 않으며 먼바다는 달빛에 반짝인다. 나는 암초에 부딪혀 되돌아오면서 특유의 냄새를 동반하는 파도 소리를 들었다. 어둠 속에서는 파도의 내음이 더욱 진하다. 그것은 파도가 내쉬는 숨이다. 후추를 친 것처럼 매콤한 황야의 냄새도 난다. 보이지 않는 진흙의 냄새, 그것보다 더 강렬한 먼바다의 냄새가 난다. 먼바다의 냄새에는 소금과 해초와 깊이 파인 단층과 암초의 냄새가 섞여 있다. 달빛 사이로 별들이 반짝인다. 수평선 가까이에서 그 별들은 깜빡거린다. 하지만 그것은 게 잡는 통발을 끌어 올리기 위해 잠시 멈추어 선 어부의 배다. 나는 그 모든 불빛을 바라본다. 그중 글레낭 군도에 있는 등대나 튀디섬 쪽에 있는 표시등들, 그리고 곶에 설치된 눈이 부시도록 깜빡거리는 거대한 등대는 인간이 밝힌 것이다. 소나무 꼭대기 위로 보이는 그 거대한 등대는 구름 속에서도 나무의 윤곽을 또렷하게 드러낸다. 불빛들은 저마다 각각의 리듬에 따라 어떤 것은 길게, 또 어떤 것을 짧게 빛을 발한다. 나는 그들의 언어를 알아들은 것 같다. 밤바다와 관련된 모든 것이 그렇듯이, 그들의 언어를 알아들었다는 사실은 나를 안심시키기도 하고 불안하게

9 브르타뉴의 몽생미셸에서 시작하여 생나제르까지, 브르타뉴의 해변을 따라 만든 2000킬로미터에 이르는 오솔길. 과거, 소금 밀수업자들과 해적들을 감시하기 위해 만들어진 길로서, 특히 17세기에 콜베르의 수입품 과세 정책에 따라 밀수업자가 증가하자 하루에 세 번씩 세관원들이 그 길을 순찰하며 사람들을 검색했다고 한다. 1968년 오랫동안 사용되지 않아 황폐해졌던 그 길을 산책길로 개발하면서, 오늘날에는 아름다운 경관을 자랑하는 장거리 산책코스가 되었다.

만들기도 한다…. 피부로 추위가 느껴진다. 반바지와 반팔 셔츠만 입었고, 맨발에 샌들을 신었다. 아무도 없다. 밤과 바다는 텅 비어 있다. 검은 하늘에는 아무것도 없다. 어부들이 있더라도 그들은 저 먼 곳에, 셍 해협을 향해 있는 팡마르카슈 쪽에 있다. 게다가 안개에 묻혀 보이지도 않는다. 나는 오솔길을 따라 앞으로 나아간다. 갑자기 가시덤불 사이로 방목하는 소들이 능금을 찾아 배회하는 발자국 소리가 들린다. 나는 가시양골담초들의 수풀 사이로 미끄러져 들어가 본다. 조심했음에도 멀리 있는 농가의 개들에게 경계심을 불러일으켰는지, 그 개들은 나를 향해 짖어 댄다. 아니, 어쩌면 달빛이 그들을 흥분시킨 것은 아닐까? 나는 바람을 피해 가시양골담초 덤불 한가운데에 있는 바위 위에 앉는다. 검은 개미들이 떼를 지어 기어다니고 있다. 개미들은 절대로 잠을 자지 않는다. 바닷소리와 바람 냄새와 달과 별의 희미한 빛으로 내 몸을 가득 채우기 위해 나는 천천히 숨을 들이마신다.

어느 날 저녁, 아직 완전히 밤이 되기 전이었다. 형과 나는 브르타뉴의 백파이프 소리에 이끌려 마을 밖으로 나갔다. 돌과 편암으로 지은 감시관의 집이 있는 곳에서, 누군가 그 악기를 연주하고 있었다. 세찬 바람 속에서 백파이프의 구슬픈 소리는 고음과 저음을 왔다 갔다 했다. 왠지 모르겠지만, 우리는 그 연주자가 독일인 관광객일 거라고 생각했다. 그는 마을에서 멀리 떨어진 곳에서 도발적으로 연주했다. 당시 나는 로버트 루이스 스티븐슨의 경이로운 소설《유괴》를 읽고 있었다. 소설은 올리버 크롬웰이 지배하던 혁명의 시기에, 증오에 찬 삼촌의 추격을 받으며 전 영국을 여행하던 젊은 청교도 데이비드 밸푸어의 이야기였다. 나는 데이비드가 참석했던 백파이프 연주 시합 장면을 기억한다. 데이비드의 동반자인 앨런 브렉과 캠프벨 패거리의 대장 중 하나인 로빈 오이그, 즉 로브 로이의 아들과의 대결이었다. 그들은 차례차례 자신만의 해석으로 유명한 악장을 연주했고, 결국 앨런은 자신이 졌다는 것을 인정하지 않을 수 없었다. 그는 적에게 다가가 말했다. "로빈 오이그, 당신은 악당이오, 하지만 나는 당신과 같은 나라에서 연주할 자격이 없구려!"

우리는 베일에 싸인 연주자에게 가까이 다가갈 수 없었다. 우리는 바람에 실려 오는 음악 소리를 들었다. 음악이 멈추자 우리는 아무 말 없이 마을로, 케르위엘로 돌아왔다. 그 장소가 영원하게 느껴지는 것은 그 음악 때문이라고 나는 생각한다. 물론 세상은 변했다. 풍속도 복장도 달라졌고, 고유의 언어도 다소 잊었다. 하지만 어느 날 저녁, 누군가 그곳 황야에서, 비가 오고 바람이 불 때, 개 짖는 소리도 들리지 않을 만큼 집과 멀리 떨어진 곳에서 그 악기를 연주한다면, 사라졌다고 믿었던 모든 것은 다시 우리 곁으로 돌아올 것이다.

도리포로스

그리스어로 도리dory와 포로스phoros, 즉 '창'과 '짐꾼'이 합쳐져서 창을 나르는 사람이라는 뜻을 가진 감자 잎벌레 도리포로스. 그러나 소심하면서도 번식력이 강해 1950년대에 감자잎을 몽땅 먹어 치우는 바람에 브르타뉴 농경지 대부분을 초토화할 뻔했던 그 곤충에게는 창이 없다. 그 곤충을 죽이기 위해 사람들은, 고양이나 아이들이나 지하수층에 어떤 피해가 갈지는 생각도 하지 않은 채, 살충제 DDT를 억수같이 쏟아부었다. 아프리카에 있을 때, 우리는 가장 위험한 곤충들에게도 가까이 다가갔었다. 들판과 집들을 가로질러 다니면서 곧은 길을 내곤 했던 난폭한 싸움꾼인 전쟁 개미, 카펫 밑에서 찾아내어 그 위에 알코올을 뿌린 후 소각하곤 했던 검은 전갈, 특히 말라리아를 옮기고 다녔던 모기를 예로 들 수 있다. 브르타뉴에서는 놀라움이 우리를 기다리고 있었다. 그것은 길을 잃고 배회하는 풍뎅이도, 지하 포도주 저장고의 어둠 속에서 기어오르는 쥐며느리도 아니었다. 그것은 햇볕이 내리쬐는 한낮에 볼 수 있는 한 떼의 곤충 무리였다. 열 개의 띠가 등에 일렬로 배열되어 있는 노랗고 검은 그 곤충들은 길가고, 정원이고, 방목장이고, 울타리고 할 것 없이 사방을 돌아다녔다. 때로는 그 숫자가 너무 많아, 어쩌다 자동차가 그것들 위로 지날라치면 바퀴에 그 곤충들의 자국이 남을 정도였다. 우리는 너무 놀라 겁을 먹을 수도 있었을 것이다. 하지만 그 반대였다. 도리포로스는 생트마린에서의 삶을 흥미롭고 새롭게 만들어줄 것처럼 보였다. 오후에 한참 동안 길가에 앉아 그 동물을 관찰하면서 그것을 길들여보려 했던 기억이 난다. 나는 서커스단을 창설할 결심을 했고, 그 곤충들은 내 서커스의 가장 중요한(그리고 아마도 유일한) 흥행물이 될 터였다. 도리포로스들이 하나의 군단을 이루자, 그 곤충들을 군인으로 만들고 싶었다. 나는 순환 코스를 만들어 그놈들에게 서로 떠밀지도 않고 서로 포개지도 않은 상태에서 앞뒤로 열 지어 행진하는 방법을 가르치려 했다. 나는 몇 해 연속 여름마다 그 작은 민족을 통치했는데, 아직도 아주 작은 발톱을 가진 그 곤충들의 다리가 내 손바닥과 팔뚝을 간지럽히는 것이 느껴진다. 가끔은 사고도 있었다. 벌레가 으깨어지면서 그 배에서 하얀 크림 같은 아무 냄새도 나지 않는 액체가 스며 나오기도 했다. 하지만 나는 파리의 날개를 뽑거나, 금색 풍뎅이 다리를 끈으로 묶는 등 다른 아이들이 즐겨 하던 잔인한 놀이는 절대 하지 않았다. 그중에서도 최악의 놀이는, 생트마린에서 종종 목격했던 것처럼, 두꺼비를 문설주에 끼워 산산조각으로 터뜨리면서 즐거워하는 것이었다. 한번은, 성냥갑 안에 서커스에 사용할 최고의 군인들을 가두고 감자 잎을 먹이면서 그 곤충들을 기르고 있었다. 나는 로마인들이 검투사를 그렇게 양성했으리라 상상했다. 경기장 안에 풀어 놓으면 그것들은 정신없이 뛰어다닐 것이고, 그러면 더 빨리 달리지 않겠는가! 나는 그놈들이 다른 곳도 돌아다니게 해보았다. 다리를 건너가게 해보고, 아치형 화랑을 가로질러 가게도 해보았다. 하지만 그놈들은 그저 장애물을 피할 뿐이었다. 참으로 이상하게, 단 한 놈도 앞날개를 펴면서 날아서 도망하려 하지 않았다. 아마도 그놈들은 이미 조종당하여 맡겨진 일에 흥미를 느끼고 그 일을 좋아하게 되었나 보다.

어른이 되어 다시 브르타뉴에 갔을 때, 나는 도리포로스를 찾아보았지만 도리포로스는 한 마리도 보이지 않았다. 아메리카에서 온 침략자들, 19세기에 콜로라도로부터 감자를 실은 화물에 딸려와 전 지역, 즉 아메리카와 서유럽으로 전파되었던, 식물의 뿌리를 먹는 그 침략자들은 잔인한 몰살 캠페인 덕분에 이제 완전히 사라졌다. 창을 갖춘 압축기 덕분에 인류는 그 유명한 살충제 DDT로, 아니 어쩌면 그보다 더 독한 농업용 살충제인 글리포세이트로 그 곤충들을 전멸시켰다. 그러고 보니 결국 창을 가진 자는 인간이었다! 아이들은 그런 것들을 잘 이해하지 못한다. 하지만 도리포로스가 없다는 사실은 내게 허전한 느낌이 들게 했다. 왜냐하면, 그것은 알이 애벌레가 되고 성충成蟲이 되고, 다시 미숙하고 게걸스럽지만 해를 끼치지 않는, 날개가 달리고 등에는 교황의 보초가 입는 제복을 걸친 이 작은 존재에 이르기까지 모든 삶의 주기가 사라졌음을 의미하기 때문이다. 분명 감자의 수확량은 늘었다. 하지만 브르타뉴의 땅에는 무엇인가가 결핍되어 있었다. 그 곤충의 노랗고 검은 색이 보이지 않아서일까? 그것은 마치 밀밭 한가운데에 있던 개양

귀비꽃이 사라진 것과 같은 느낌일 것이다. 개양귀비꽃 역시 아무 쓸모가 없지 않은가.

전쟁

전쟁의 흔적, 나는 어디에서나 그 흔적을 보았다. 어떤 면에서 우리는 여전히 전쟁의 시간을 살고 있다. 유년기 때의 그 시절을 생각하면, 어른들의 세계로 진입하면서 끝나버린 열 살 혹은 열두 살 정도 때의 매우 짧았던 그 시절을 생각하면, 브르타뉴는 오늘날 내가 생각하는 것과는 아주 다른 의미를 지닌다. 브르타뉴, 특히 어머니가 가장 좋아했던 퐁라베 지방, 어머니가 아버지의 청혼을 받아들였고, 우리 형을 낳았으며, 니스에서 나를 낳고 3개월이 지난 후 다시 피난 갔으나 비거주자들을 모두 추방하기로 한 독일 사령부의 결정 때문에 마지못해 떠나야 했던 그곳은 전쟁과 파괴의 고장이다. 그러나 나는 그 시절에 대해 아무것도 기억하지 못하며, 나의 가장 오랜 기억은 우리가 피난 갔던 니스 근처의 산골 마을에 머물러 있다.

어쩌면 어머니는 진정한 조국으로 돌아가듯 그곳으로 돌아가고 싶었을 것이다. 어머니는 제1차 세계대전 당시 유년기의 일부를 브르타뉴에서 보냈다. 그리고 스무 살이 된 후에는 매년 부모님들과 함께 두아르느네, 생미셸앙그레브 등에서 여름방학을 보내곤 했다. 특히 록튀디에 자주 갔었다. 어머니는 사촌이었던 아버지와 결혼한 후 신혼여행지로 브르타뉴의 풀뒤를 택했고, 그곳 라이타강에서 수영도 하고 아버지가 산 작은 배를 타고 노를 젓기도 했다. 모래사장에서 찍은 두 사람의 사진이 있다. 사진 속 아버지는 투박한 천으로 만든 어부의 복장을 하고 있고, 어머니는 앞치마 달린 옷을 입고 있다. 그들은 둘 다 나막신을 신고 있다. 아버지가 아프리카로 떠나기 전, 전쟁으로 인한 몇 년 동안의 잔인한 이별이 있기 전, 둘이 함께했던 행복한 순간이다.

전쟁의 흔적, 나는 생트마린에서 그 흔적들을 추적했다. 1950년 당시에는 황야에 여전히 벙커들이 남아 있었으며, 특정 장소나 해변의 하얀 모래 속에는 콘크리트 벽의 잔해와 녹슨 장애물들이 있었다. 종종 바닷물이 빠지고 난 후 모래 속에서 카키색이 칠해진 낡은 깡통을 발견하기도 했다. 돼지고기나 농축된 우유가 담긴 깡통이었다. 언젠가 우리가 바닷가에 도착했을 때, 그곳에는 아이들이 몰려 있었다. 가까이 다가서자, 믿기지 않을 만큼 커다랗고 흉측한 물건을 볼 수 있었다. 그것은 좌초해서 표류하던 검푸른 색의 지뢰였으며, 게의 다리처럼 생긴 뾰족한 침이 달려있었다. 그 지뢰에는 해초 더미가 엉겨 붙어 있었다. 그것은 평온한 해변에서 발견된 죽음의 기호였다. 잠시 후 헌병들이 왔고, 지뢰제거반이 폭탄의 작동을 정지시키는 동안 아이들은 사구 뒤에 숨어있어야 했다.

브르타뉴 사람들은 오랫동안 빠져있던 쇼크 상태에서 완전히 벗어날 수 없었던지, 생트마린에도 전쟁에 대한 여러 가지 이야기가 떠돌았다. 원한 섞인 공포와 관련된 이야기. 뭔지 잘 모르면서도 서로가 공유하는 것, 이 시골 마을에 들어온 외지인, 불확실한 기억 등에 관한 이야기였다. 풀랑 근처에는, 나처럼 밤이면 밖으로 나와 배회하던 한 소년에 대한 기이한 이야기가 있다. 해변의 벙커에 있는 독일 보초는 그에게 소리쳤다. "바스 이스 다스?"("거기 뭐야?") 소년은 도망쳤지만, 총을 맞아 다리에 부상을 입었다. 독일 병사가 소년에게 다가왔고, 소년이 다친 것을 보자 그 병사는 소년을 이웃 농가로 데려갔으며, 이후 말이 끄는 수레를 징집하여 그 소년을 퐁크루아의 병원으로 데려갔다. 하지만 바로 그 장소에서 다른 보초는 밀렵하는 농부를 쏘아 죽였다.

1940년 4월, 우리(엄마와 형과 나)는 내가 태어난 도시 니스에 있었다. 그리고 5월에 조상의 나라 브르타뉴로 돌아왔다. 나이지리아의 카노에서부터 알제리의 메르스 엘케비르까지의 사하라사막 횡단을 시도하다 실패한 아버지는 이 전쟁이 오래 지속될 것이며 수많은 희생자가 발생할 것임을 확신하고는, 우리를 데리고 영국을 거쳐 남아프리카로 가는 계획을 세웠다. 다른 모든 프랑스 사람들처럼 그가 몰랐던 것은, 퐁라베로 피난 가 있던 어머니가 라디오를 통해 마른강 유역의 전선에서 우리 군대가 용감하게 적군에 맞서고 있다는 소식을 듣고 있던 바로 그 순간, 부엌의 창문으로는 독일 군인이 길거리에서 열을 지어 행진하고 있는 모습을 보았다는 사실이다.

독일군 승리의 순간이었다. 어머니는 독일사람을 경멸조로 '보쉬boches'라고 부르는 것을 늘 거부했다. 그러나 그렇다고 해서 우리 어머니가 적들에게 호의적이었다고 비난할 사람은 아무도 없을 것이다. 어머니는 브르타뉴 길 위를 지나가던 침략자들을 이야기했다. 어린아이에 가까운 아주 젊은 청년들이었으며, 검게 탄 그들은 웃통을 벗고 즐기고 있는 것 같았다고 했다. 아마도 요즘 트레파세만에서 서핑보드에 올라탄 청년들과 크게 다르지 않았을 것이다. 그들에게는 일종의 긴 방학 같던 전쟁이 끝나는 순간이었다. 그들은 공격적이지도 불손하지도 않았다. 브르타뉴는 그들의 성배聖杯가 있는 곳이었다. 참호 안에서 혹은 덮개를 씌운 트럭을 빽빽하게 타고 가면서, 서쪽으로 가는 길 위에서, 그들은 성배를 꿈꾸었다. 브르타뉴는 모든 전쟁의 종식을 의미했다. 그곳보다 더 멀리는 갈 수 없기 때문이다. 1940년 여름이었다. 그들은 이제 시작일 뿐이며, 언젠가 연합국의 폭격을 받고 레지스탕스의 함정에 빠져 공포에 떨면서, 굶주린 채 핏기 없고 해쓱한 얼굴로 후퇴하리라고는 짐작조차 하지 못했을 것이다. 전쟁을 경험한 적이 없는 어머니로서는 비교의 대상이 없었으니, 그 병사들에게서 그저 연민을 느꼈을 것이다. 점령당한 다른 대부분 지역과 마찬가지로 브르타뉴에서도 남자들은 포로가 되었다. 그들에 대해서는 아무 소식도 들을 수 없었다. 동부 전선에서 무슨 일이 벌어지고 있는지도, 유대인 박해에 대해서도, 암시장에서 벌어지는 수상한 거래에 대해서도, 파리에서 소위 그 훌륭한 '애국자들'이 공산주의자들을 박멸하고자 밀고하는 현실에 대해서도 사람들은 알 수 없었다. 우유나 채소를 사러 가면서 길에서 그들과 마주칠 때 어머니가 만났던 군인들은 무사태평하고 순진했던 젊은이들이었다. 그때 어머니는 이미 그들의 비극적 운명을 예측했던 것이리라.

그 후, 퐁라베의 독일군 사령부에 호출되어 갓난아기들과 노약자들인 부모님과 함께 가능한 한 빨리 떠나라는 거만한 장교의 통보를 받자, 독일군에 대해 말하는 어머니의 어조는 완전히 달라졌다. 어머니에게 추방을 명령한 그 장교는 다음과 같은 말도 덧붙였다. "당신은 브르타뉴에 너무 오래 머물러 있었소. 이제는 우리가 누릴 차례요." 어머니에게 브르타뉴를 떠난다는 것은 분명 낙원으로부터의 추방을 의미했다. 왜냐하면, 어머니가 사랑하는 모든 것이 그곳에 있었기 때문이다. 게다가 어디로 간단 말인가? 파리에는 아무것도 남아 있지 않았다. 파리에서 그들은 모든 것을 잃지 않았던가. 남쪽으로 가자니, 오래된 고물 자동차를 타고 연료가 충분하다는 확신도 없이 목숨을 걸고 혼란에 빠진 국토를 가로질러 가야만 했다. 무엇보다도 아기가 둘이나 되는 데다가 하나는 아직 갓난아기였다. 게다가 그것은 우리를 영국으로 가는 어선에 태운 후, 나중에 그곳에서 합류하여 전쟁이라는 광기가 존재하지 않는 세상으로 데려가려 했던 아버지의 꿈이 사라짐을 의미했다.

하지만 독일 사령부의 명령은 재고의 여지가 없었다. 그래서 어머니는 낡은 자동차에 식량과 옷가지를 싣고 길을 떠났다.

바다에서

찌는 여름에도 내가 기억하는 바다는 겨울처럼 차가운 세상이다. 1950년 우리가 아프리카에서 돌아왔을 때, 우리가 마주했던 바다는 그 차가운 바다다. 지중해를 경험하기 전이었다. 물론 거품 나는 바다에서 물놀이했던 곳, 나이지리아로 가던 길에 들렀던 타코라디만은 잊어버렸다. 우리는 왜 그 바다를 특별히 기억할까? 아마도 바로 그 바다에서 내가 제대로 수영을 배웠기 때문일 것이다. 그때까지 나는 그저 물속에서 허우적대기만 했다. 아니면 아바칼리키의 **장교 관할 구역**에 있는 수영장에서 튜브 대신 트럭 타이어를 타고 둥둥 떠다니곤 했을 뿐이다. 진짜 수영은 열 살 때 저지섬에 있는 생투앙 해변에서 배웠다. 그 바다는 생트마린과 같은 대서양의 바다였으며, 예측 불가능하고 사나웠다. 썰물 때에는 수평선까지 바닷물이 빠졌다. 위험을 무릅쓰고 우리는 파도 가까이에서 헤엄을 쳤다. 그러면 갑자기 바닷물이 밀려와 우리를 덮쳤다. 우리는 바닷물이 다가오는 것을 보지 못했다. 연중 최고의 만조인 9월이었다. 날씨는 추웠고, 하늘과 바다는 잿빛이었다. 바닷물이 밀려오면서 바람이 불기 시작했고, 갑자기 천둥소리와 함께 부서지는 파도의 행렬이 밀려왔다. 모래사장 위에서 어린아이의 장난을 했을 뿐인데, 공포가 엄습했다. 지금은 다 잊어버렸지만, 당시 나는 할머니 서재에서 《갈매기의 바위》[10]라는 교훈적인 짧은 소설을 읽었었다. 바다는 파도가 되어 단단한 모래 위로 세차게 몰려왔고, 물구덩이를 침범하여 쓸어버리면서 점점 더 거세졌다. 그런데 형과 나는 작은 섬 위에 있었다. 우리는 그곳에 갇혀버렸다. 나보다 키가 큰 형은 이미 해협을 건넜고, 그곳에서 나를 기다리면서 내게 오라고 손짓했다. 그러나 나는 망설였다. 해안은 멀었고, 안개 때문에 희미해서 잘 보이지도 않았다. 해변과 나 사이의 해류는 점점 난폭해지면서 파도의 움직임을 따라 급류처럼 이쪽저쪽으로 흘렀다. 결정을 내려야 했다. 나는 차가운 물 속으로 들어가 우선 물이 허리에 닿을 때까지 앞으로 갔다. 그러자 갑자기 발이 땅에 닿지 않았고 나는 해류에 실려 밀려갔다. 수영장에서의 수영교습도, 개구리헤엄도 아무 소용 없었다. 헤엄쳐야 했다. 강아지처럼, 물 밖으로 머리를 내밀고 숨을 참은 채, 팔과 손을 마구 휘저으면서 헤엄쳐야 했다. 어느 순간 내 발바닥으로 모랫바닥이 느껴졌다. 나는 경사진 모래사장을 무릎으로 기어올라 해류에서 벗어날 수 있었다. 나는 귀가 화끈거릴 만큼 휘몰아치는 바람 속에서 해안가를 향해 단단한 모래 위를 달렸다. 그렇게 처음으로 수영했다. 처음으로 나의 힘을 느꼈고 승

---

10 1871년에 출판된 쥘 상도Jules Sandeau의 소설. 배를 타고 가던 12명의 소년이 암초에 부딪혀 무인도에서 겪는 모험 이야기.

리감에 취했다. 나는 헤엄을 쳤다. 나는 수영할 줄 안다. 이제는 절
대 잊어버리지 않을 것이다. 그때 나는 열 살이었다. 바다는 내게 해
류를 건너는 방법을 가르쳐 주었다. 바다가 내게 그 길을 알려주었
다. 생트마린이건, 무스테를랭이건, 토르슈건, 어디를 가든, 나는
바다를 횡단하고 바닷속으로 미끄러져 들어가고 바다 위를 둥둥
떠다닐 수 있다.

간조

바닷가에 사는 모든 아이처럼, 나는 썰물 때 바다의 신비를 알게 되었다. 브르타뉴로 휴가 온 어른들은 밀물 때 뜨거운 모래로 따뜻해진 바닷물 속에서 기분 좋은 해수욕을 즐긴다. 게다가 파도 덕분에 거품 속에서 뒹굴 수도 있다. 하지만 나는 생트마린에서 밀물 썰물을 가리지 않고 해변으로 갔다. 밀물일 때보다는 썰물일 때 콩브리곳으로 가곤 했다. 건축물도 방파제도 없는 황량하고 음침한 그 지대에서는 하루에 두 번씩 거대하고 평평한 바위들이 모습을 드러낸다. 바닷물이 빠지고 난 후 바다이 드러나는 그곳에는 이상한 무엇인가가, 거의 혐오스럽기까지 한 느낌을 주기도 하는 무엇인가가 있다. 한 달에 두 번, 간만의 차가 가장 클 때면, 우리는 대서양의 가장 깊은 곳까지 가서 쥘 베른의 소설에 나오는 잠수부들처럼 바닷속을 걸어 다닐 수 있을 것 같았다. 우리는 말미잘 때문에 군데군데 핏빛을 띠는 물구덩이들이 있는 바다 어귀를 따라 해초로 뒤덮인 뾰족한 암초 한가운데까지 나아간다. 작은 생명체가 살아 움직이는 검은 구덩이는 피해 간다. 나의 관심을 끄는 것은 조개도 새우도 아니다. 내게 흥미로운 것은, 마치 꿈속에서처럼, 숨어 있는 보물이나 괴물들을 만나러 떠나는 것이다.

나는 보물도 괴물도 만난 적이 없다. 하지만 살아있는 하나의 생명체는 자주 보았다. 사실 한 번도 제대로 본 적은 없다. 육지에서 가장 먼 곳에 있는, 바다와 너무 가까워 파도가 칠 때마다 주변의 암초에 부딪히면서 나에게 물을 튀기는, 늪보다는 호수에 가까운 큰 물구덩이에 숨어있는 문어 한 마리가 몸을 반쯤 내밀고 나를 찾는다. 그 문어는 천천히 다리를 뻗어 아무것도 신지 않은 나의 발을 탐색한다. 문어는 보이지 않는다. 나는 움직이지 않은 채, 발가락 위로 가벼운 접촉이 느껴지기를 기다린다. 그 문어는 그저 나를 만나고, 나를 알아보고 싶었을 뿐이다. 하늘빛 아래 바닷속에서 연기처럼 하얀 문어의 부드러운 팔이 둥둥 떠다니는 것을 본다. 그놈은 나를 알아본다. 내가 그곳에 갈 때마다 그놈은 팔을 내밀고 나를 만진다. 처음에는 조금 무서웠다. 아마 그놈도 그랬을 것이다. 간만의 차이가 없는 지중해의 니스 해변에서 나는 어부들이 문어를 뒤집어엎어 질식시키는 것을 보았다. 그 동물은 문어발과 먹물이 마구 뒤엉킨 상태로 햇빛 아래서 반짝였다. 그 동물은 죽어가고 있었다. 이곳 브르타뉴에서 나는 썰물 때 집에 있는 법이 없다. 나는 인간 세계가 아니라 문어와 물고기들의 세상에 있다. 누구든 갈고리 하나만 있으면 문어를 쉽게 잡을 수 있을 거라는, 그놈들의 아지트에서 빼내어 뒤집어엎을 수 있을 거라는 생각이 든다. 그래서 나는 아무에게도 나의 비밀을 말하지 않는다. 우리가 여자 아이들, 그러니까 마리즈와 자네트와 함께 걸어서 고기를 잡으러 갈 때도, 나는 그 아이들을 문어가 사는 늪에서 먼 곳으로 데려갔었다. 그것은 나만의 비밀이다. 하지만 썰물 때가 되어 혼자 갈 때면, 늪으로 들어간다. 그러면 날렵한 문어발들이 구멍에서 미끄러져 나와 내 발을 건드리면서 발목 주위를 감싼다. 내가 움직이면 문어 발들은 움츠러든다. 나는 바람 소리와 바닷소리를 들으면서 움직이지 않고 가만히 있다. 오늘도, 내일도, 영원히. 그런 만남은 언제나 가능하다.

밀물이 만들어내는 콩브리만의 웅덩이에는 그 어떤 수족관보다도 마술적인 힘이 있다. 바다 냄새나는 시커멓고 신비스러운 구덩이의 물은 바다와 땅 사이에 정지된 채 수면 위로 나타난 땅을 정복하고자 모험을 떠날 준비가 되어 있는, 태곳적부터 존재했던 생명체의 생생한 기원이다. 마치 예상치 않게 누군가를 만나려는 사람처럼, 나는 매번 두근거리는 마음으로 그 웅덩이에 다가갔다. 그곳에서는 낚시하고 싶지 않았다. 새우잡이 그물은 시시해 보였다. 거울 속을 들여다보듯, 나는 바람으로 인해 반짝거리는 수면 밑으로 내가 모르는 낯선 것의 동정을 살피곤 했다. 동물이든, 식물이든, 아니면 동물인 동시에 식물이든 상관없었다. 그런데 특히 말미잘이 압권이었다. 조금만 건드려도 그것은 몸을 움츠리면서 고무처럼 질기고 불그스름한 튜브만 보여주었다. 그러다 움츠렸던 몸이 다시 열릴 때면 꽃부리는 무지개처럼 빛나는 오렌지색 꽃이 되었다. 나는 그것이 거울 뒤편에서 나를 보고 있다고 상상했다. 말미잘 주위로는 한 번도 본 적 없는 정체불명의 작은 동물들과 유충과 투명한 갑각류들이 지그재그로 돌아다니고 있었다. 하루에 두 번 밀물 때의 돌풍을 맞이하고 구멍 속 땅에 붙어 서로서로 뒤엉켜 살면서 다른 것은 아무것도 필요로 하지 않는, 그 자체로 완벽한 세계, 나는 그런 세계에 매혹되었던 것이리라. 그러다 바닷물이 밀려가고 썰물 때가 되면 그것들의 괄약근과 근육은 느슨해져서, 홍합이나 삿갓조개 무리처럼 햇빛에서 바드득 소리를 낸다.

아이도 어른만큼이나 약탈자다. 우리는 여럿이 모여(남자 아이들이나 여자 아이들과 함께), 늪에서는 작은 새우를 잡았고, 바위에서는 삿갓조개를 캤다. 바람이 불지 않는 해변의 구석진 곳에서 우리는 마른 해초와 떠다니는 나뭇가지 등으로 불을 피운 후, 약간 녹슨 낡은 깡통을 도구 삼아 물에서 건진 어획물들을 요리했다. 요오드와 해초에서 나는 중유 냄새에도 불구하고 나는 그보다 더 맛있는 것을 먹어본 적이 없었던 것 같다. 마치 바다를 먹는 느낌이었다.

라 토르슈

베그 안 도르혠. 브르타뉴어로 '작은 언덕의 끝'이라는 뜻이다. 아니면 생긴 모양 때문에 '방석의 끝'이라는 의미로도 쓰인다고 한다. 이 세상에서 바다의 아름다움이 폭발하는 장소가 있다면 바로 이곳이리라. 생트마린에서 그곳까지 가는 길은 끝이 없어 보였다. 여행을 위해 바퀴를 교체한 어머니의 낡은 모나카트르는 핸드 크랭크[11]만 돌려서는 시동이 잘 걸리지 않았기에 마을 아이들이 밀면서 시동을 걸어야 했다. 그렇게 자동차는 움직이기 시작했고 서부 지역의 울퉁불퉁한 길 위를 요동치며 달렸다. 그 당시, 대부분 도로는 포장되지 않았을 뿐 아니라 도로 여기저기에 움푹 파인 구멍이 너무도 많았기에(우리 부모님은 그 구멍들을 '새의 둥지'라 불렀다), 사람들은 마지막 폭격의 흔적들이 아직도 남아 있다고 생각했을

---

11 막대를 연결해 손으로 직접 돌려 시동을 거는 기구를 말한다. 이를 사용한 방식을 핸드 크랭크 스타터라고 한다.

것이다.

퐁라베에서 생장트롤리몽을 거쳐 생게놀레로 가는 길은 태양과 망망대해를 향해 토르슈곶 쪽으로 곧게 뻗어 있었다. 곶에 이르자 놀라운 광경이 펼쳐졌다. 평평한 황야에는 바람을 등진 작은 농가가 몇 개 있었다. 그곳의 나무들은 시들고 휘어지고 노인네들처럼 구부정했으며, 위성류로 만든 울타리들이 쳐져 있었다. 사과밭과 푸른 방목장이 있고, 별장으로 쓰이는 벽돌집들과 분홍 장미와 푸른 수국이 가득한 정원으로 둘러싸인 아담한 초가집들이 있는 아기자기한 시골 마을 생트마린에서 온 우리는 야생 구역에 침투한 듯한 느낌이 들었다.

토르슈곶은 바닷길을 여는 선체의 앞부분처럼 보이기도 하고, 반쯤은 난파하여 부서진 시커먼 표류물같이 보이기도 했다. 우리처럼 전쟁에서 막 벗어난 어린아이에게 공간이나 장소에 대한 의미는 요즘 아이의 그것과 다르다. 작은 언덕 꼭대기에는 독일 군인들이 설치한 군함 사령탑의 잔해가 여전히 남아 있었다. 그 당시, 사람들은 독일인들이 그곳을 선사 유적으로 위장하고자 그곳에 돌멩이들을 갖다 놓고 땅에 있는 요새를 흙으로 덮어 봉분으로 만들었다고 말하곤 했다. 그런데 훗날, 사람들이 말하던 것과 달리, 독일인들은 그곳에 설치한 사령탑을 감추기 위해 그 선사 유적을 이용했다는 사실을 알게 되자 나는 무척 놀랐다. 사람들은 그 안으로 들어가지 않았다. 그런 장소 대부분이 그렇듯이, 사령탑의 내부는 가시덤불로 막혀 있었고, 출입구에서부터 오줌과 곰팡이 냄새가 진동했다. 내게 그곳은 불길한 마법의 장소였다. 요정 이야기에 나오는 마법의 성과는 완전 반대인, 전쟁과 죽음의 장소였다. 눈물이

날 만큼 매서운 광풍이 불어왔다. 우리는 바다의 위력을 느꼈다. 화강암 기둥에 부딪히는 격렬한 파도 소리가 들렸다. 곶의 양쪽으로 보이는 수평선은 물보라로 희미해졌다. 거품이 떼를 지어 황야를 향해 날아다녔다. 이곳 토르슈에서, 라스나 반에 있는 곳에서보다 이곳 토르슈의 곶에서, 해변 모래사장에 좌초한 벙커의 시커먼 조각 같은 전쟁의 흔적을 안고 있는 이 망망대해의 돌출부에서, 곰팡이로 인해 부식된 철근 콘크리트 장애물이 널린 이 모래언덕에서, 나는 우리가 '이 세상 끝'(펜 아르 베드)에 있다는 느낌을 받았다.

  나는 종종 토르슈에 다시 오곤 했다. 생트마린보다 더 자주 왔었다. 아마도 이곳은 절대 변치 않을 것으로 생각했기 때문일 것이다. 브르타뉴에 있을 때면 나는 전쟁이 끝나고 5년이 지난 후 그곳이 어땠었나에 대한 기억을 되찾고자 토르슈곶을 방문했다. 세상은 빠르게 변한다. 요즘 아이들도 토르슈에 오지만, 그 아이들은 다른 것을 본다. 그들은 서핑보드 위에 위엄있게 서서 새처럼 가볍게 긴 파도를 탄다. 심지어 공중에는 거대한 계류형 열기구도 있다. 그 기계는 아이들을 태우고, 옛날에는 치명적으로 위험하다고 생각했던 소용돌이 위를 끌고 다닌다. 물론, 전쟁터를 잊어버리는 것, 러시아나 폴란드 포로들이 지은 보루의 잔해가 남아 있다는 사실을 모르는 것은 좋은 일이다. 하지만 나는 그럴 수 없을 것 같다. 바다에서 들리는 굉음 속에서, 하얀 눈처럼 눈이 부시게 쏟아지는 거품 속에서, 나는 역사가 보여준 폭력을, 폭력과 간교함을 본다. 청동기시대 유물의 위엄있는 폐허 위에서 나는 여전히 거대한 전쟁 상어의 화석화된 검은 이빨을 발견한다.

종교

프랑스 남쪽에서 브르타뉴의 땅끝마을인 피니스테르로 가는 것, 그것은 단지 지리적 공간과 기후가 변함을 의미하지 않았다. 그것은 세상이 변함을 의미했다. 남쪽의 니스는 브르타뉴보다 덜 종교적이지도, 덜 전통적이지도 않았다. 니스에도 온갖 종교 의식이 존재했다. 아이들은 아무런 의구심도 가지지 않은 채, 그냥 본능적으로 그 의식에 참여했다. 하지만 그것은 지중해 지역의 기독교, 즉 그 특유의 실내장식과 화려함과 제스처가 포함된 로마 가톨릭이었다. 라틴족의 사원과 유대교의 회당을 본떠서 세운 금도금한 화려한 교회, 괴상한 예배 의상, 그리고 야외에서 이루어지는 축제 등이 그 특징이었다. 야외 축제를 벌이는 동안 우리 같은 예비 신자를 포함한 신도들은 깃발과 캐노피와 성체현시대聖體顯示臺와 향로를 들고 확성기를 통해 들리는 "아베… 아베… 아베 마리아!"라는 굉음을 들으면서 몇 시간 동안 줄지어 행진했다. 난간에 기댄 공산주의자들의 빈정거리는 시선과 야유를 받으면서 항구에 있는 어부들의 배에 성수를 뿌리는 축성식도 있었다. 당시에는 남아 있었지만 지금은 사라진 풍속이다.

생트마린에서의 종교는 훨씬 소박했다. 일요일 10시에 생보랑(관광객들의 관심을 끌기 위해서인 듯, 생트마린에 상상적인 이미지를 부여하고자 성당 이름을 생보랑[12]으로 바꾸었다)의 소성당에서 거행되는 미사의 분위기는 가족적이었다. 좁은 중앙홀은 마을 사람들을 거의 다 수용했다. 남자들은 감색 양복을 입었고, 여자들은 레이스 달린 높게 올린 머리 장식을 하고 퐁라베 지방의 전통의상을 입었다. 소성당 안에서는 불변의 이치에 따라 무조건 성인 남자와 남자 아이는 오른쪽에, 성인 여자와 여자 아이는 왼쪽에 앉았다. 늘 그래왔다. 상석에 앉을 권리나 예절에 따라, 아니면 그냥 습관적으로 그랬을 것이다.

미사가 시작되기 전 신자들이 자리를 잡으면서 가볍게 웅성거릴 때, 검은 옷을 입은 작은 노파는 좌석의 이곳저곳을 돌아다녔다. 교회의자 임대업자인 그 노파는 자신이 당연히 받아야 할 돈을 거둬들였다. 짚으로 엮은 의자와 방석 깔린 기도대가 있는 앞에서 세 번째나 네 번째 줄의 좌석은 비쌌고, 긴 나무 의자 하나가 기도대를 대신하는 그다음 줄부터는 비교적 저렴했다. 그리고 기도대 없이 그저 긴 의자만 있는 마지막 줄 좌석은 훨씬 쌌다. 의자 사용료로 받는 돈은 아무 수입도 없는 그 노파의 생계유지에 도움을 줬을 것이다. 아마도 그녀는 그 돈을 받는 대신 책임지고 짚으로 된 의자 바닥

---

12 Saint-Voran. 브르타뉴에서는 종종 V와 M을 혼용한다. 따라서 생보랑은 8세기에 렌의 주요 도시였던 생모랑 혹은 생모데랑을 지칭한다

을 관리하고, 긴 의자의 먼지 터는 일을 했을 것이다. 의자들은 작고 가벼웠기에, 뚱뚱한 시골 아낙네들의 무게에 짓눌리거나 참을성 없는 아이들이 소란을 피울 때면 삐거덕거리는 소리를 내곤 했다. 하지만 미사의 분위기는 엄숙했다. 그곳에서는, 니스에서처럼 자기들끼리 티격태격하거나 심지어 거양성체 시간에 큰 소리로 방귀 뀌는 등의 무례한 행동까지 서슴지 않는 아이들을 한 번도 본 적이 없다.

중앙 통로의 한 편에서는 신앙심 깊은 여자들이 경건하게 미사를 보았다(대부분 문맹이었던 그들에게는 미사 경본도 없었다). 그들은 풀 먹인 뻣뻣한 옷을 입고 똑바로 앉아 찬송가를 불렀고, 사제의 경문에 라틴어로 응답했으며, 브르타뉴어로 기도문을 반복했다. 반대편에서는 남자 아이들이 여자 아이들을 흘끔흘끔 쳐다보았다. 그날은 일주일 중 그들이 서로를 바라볼 수 있는 유일한 날이었다. 붉은색의 긴 머리를 틀어 올리고 모자를 쓰는 등 나름대로 멋을 부린 여자 아이들은 인형 같았다.

미사에 참석하지 않는 사람들도 있었다. 어부 중에는 성당에 들어가기를 꺼리는 이들이 많았다. 일요일이면 그들은 푸른색의 멋진 양복을 입고 아일랜드식 챙 달린 모자를 썼다. 하지만 그것은 교회에 가기 위해서가 아니라 부두에 있는 카페에 가서 술을 마시고 정치를 논하기 위해서였다.

우리는, 그러니까 형과 나는 종종 소년 성가대의 단복을 입곤 했다. 하얀 칼라가 달린 진홍색 옷이었다. 그러고는 알퐁스 도데의 단편소설 〈세 번의 독송 미사〉에서처럼, 짜증 난 노사제가 우리에게 그만하라고 손짓할 때까지 격렬하게 종을 흔들었다.

한 시대가 가고 새로운 시대가 시작되던 시기였지만, 우리는 그런 것들에 대해 아무것도 몰랐다. 그랬기에 우리는 유년기 시절에 우리가 경험했던 것들이 영원히 지속되리라 믿었을 수도 있다. 그 당시, 브르타뉴의 교회는 생삼송, 생튀디, 생로낭, 생티브, 생퇵뒤알, 생게놀레, 혹은 돌배[13]를 타고 영불 해협을 건넜던 생코노강 등 아일랜드와 웨일즈의 성인들이 브르타뉴 사람들을 기독교 신자로 만들러 왔을 당시 초기 기독교의 역할을 여전히 수행하고 있었다. 당시의 기독교는 로마 교황청의 교회가 아니었다. 그것은 황야와 금작화밭 한가운데에서 탄생한, 권위적이면서도 사람들을 보호해주는 교회였으며, 신도들이 수도승 주위로 몰려들고, 사제들이 법을 만들고 문화를 선도하는 수도원 중심의 교회였다. 기도, 마귀 쫓는 의식, 교훈, 추도사, 그리고 병자의 쾌유를 위한 기도 등이 사제의 일이었다. 내 어린 시절에 사라지고 있었던 것은 바로 그런 세상, 브르타뉴어로 기도하고 찬송가를 부르고 브르타뉴 지방의 전통 순례제를 거행하던, 특이한 풍경이나 관광객들의 호기심과는 아무상관도 없던 세상이었다.

브르타뉴라고 예외일 수 없었다. 프랑스 전역에서 종교는 합리성을 더욱 중시하게 되었고 당국의 지시를 따랐다. 니스 시청은 자동차 운행을 방해한다는 이유에서 예배 행렬도, 바다나 배에 성수를 뿌리는 축도祝禱도 금지했다. 청소년이 된 후 더 이상 브르타뉴에 가지 않았던 시기에 그 지역의 교회들은 텅 비었고, 소성당들은

---

13 6세기에 화강암으로 만든 배를 타고 돌Dol에 도착했다는 성인 생삼송의 전설이 전해지며, 돌드브르타뉴의 생삼송 성당 앞 광장에는 그 전설을 상기시키는 조각물이 전시되어 있다.

문을 닫았거나 버려졌다. 이따금 박물관이나 별장으로 바뀌기도 했다. 브르타뉴의 전통을 지키던 **주임사제들**은 다른 지방이나 대륙에서 온 순회 신부로 대체되었다. 사제의 금빛 제의祭衣는 초록색으로 바뀌었고, 제단은 연극 무대처럼 사람들을 향해 돌려놓았다. 신부와 수녀들은 불신자들의 비위를 건드리지 않기 위해 제의를 버리고 민간인의 옷을 입었다. 나는 외딴곳에 있는 어떤 교회(예를 들어 두아르느네 근처 풀랑에 있는 교회) 소속의 꽃다발로 장식된 소성당에서 거행된, 오로지 여자만 있는 미사에 참석하기도 했다. 나로서는 대단한 용기를 낸 행동이었지만, 내 존재를 의식하는 사람은 아무도 없는 것 같았다.

역사 이전

우리는 라틴계 지중해 문화권의 아이들이었다. 올리브나무, 우산소나무, 야자수, 그리고 화분에 담긴 제라늄과 친숙한 지중해 연안에서 자랐다는 사실은 우리에게 막연한 우월감을 심어주었다. 파리의 무미건조함과 석탄 난로의 연기 속에서 어떻게 베르길리우스를 읽을 수 있단 말인가?

하지만 매년 브르타뉴의 생트마린에서 여름을 보내면서 나의 그런 확신은 흔들렸다. 바람과 이슬비와 조수와 폭풍우, 아니 그저 사과밭과 황야만으로도.

황야, 우리는 브르타뉴 황야의 진가를 알아볼 수 있게 되었다. 우선 브르타뉴어를 통해서였다. 브르타뉴어로 '황야'라는 뜻의 **랑**은 특별한 의미를 지닌다. 그것은 사람이 살지 않는 곳이면 어디에서나 땅을 완전히 덮어버리는 회녹색의 가시양골담초가 융단처럼 한없이 펼쳐진 넓은 들판을 의미한다. 그 땅이 가시양골담초 경작지였다는 사실을 우리가 어떻게 알았겠는가? 수레 끄는 말이나 가축의 사료로 사용되던 풀을 실은 화차나, 농가의 마당 안에 놓인 풀 자르는 손기계를 본 기억은 없다. 아마도 전후에 이미 그런 손기계는 사라져버렸을 것이다. 하지만 그때는 아직도 해조海藻를 나르거나 제초기를 끌기 위해 수레에 묶인 말들이 있었다. 힘이 좋고 무게가 나가는 브르타뉴 품종의 말이었다. 그 말들은 고집이 세거나 돈이 없는 자영농들의 것이었다. 트리스탄과 이졸데의 전설에 나오는 콘월 왕의 이름 '마크'가 '말'을 의미하는 브르타뉴어의 **마르크**에서 유래했듯이, 말 숭배는 수천 년 동안 켈트족의 세상을 지배했었다. 그러니 기계화가 되었다고 해서 하루아침에 말 숭배가 사라질 수는 없다(알자스 지방에서도 그랬다). 아마도 몇 년 동안 전쟁이 계속되면서 연료비가 부족했기에 견인시스템 서비스를 재가동시켰을 것이다.

알 랑, 그것은 브르타뉴 경제에 꼭 필요한 야생초의 세계다. 여름이 끝나갈 무렵, 금작화의 황금빛 꽃잎이 벌어지고 히드꽃의 분홍색과 붉은색 꽃봉오리가 맺힐 때면, 황야는 노란 꽃의 향연을 펼친다. 해안가 마을에서는 황야에 야생초를 경작할 생각을 했다. 하지만 그것은 인간 사회를 위한 것이 아니었다. 그곳은 토끼와 노루와 여우를 위한 세상이지 인류를 위한 세상이 아니었다. 아니면 지금은 사라져버린 다른 종의 인류를 위한 것일지도 모른다. 오디에른 만 쪽으로, 혹은 절벽을 따라 쥐망곶 쪽으로, 황야를 무턱대고 걸으면서 나는 작가들이 묘사했던 이미지들을 이해할 수 있었다. 이를테면 로버트 스티븐슨의 소설《유괴》에 나오는 황야에 대한 묘사, 즉 젊은 주인공 데이비드 벨푸어와 그의 조력자이자 탈주자인 앨런 브렉이 비 온 후의 황야를 보며 경탄하는 장면이 있다. 크롬웰의 병사에게서 도망쳐 억수로 퍼붓는 비를 맞으며 가시덤불을 가로질러 뛰어가던 그들은 갑자기 가시양골담초와 고사리 사이에 있는, 물줄기가 레이스처럼 반짝이면서 절벽 끝에 있는 황야를 적시고 있는 광경을 발견하고는 그 아름다움에 놀라 발걸음을 멈춘다.

이러한 야생성, 아니 낯설음이라고 부르고 싶은 그 야생성을, 나는 어느 날 팡마르카슈 근처의 넓은 들판 한가운데에서 발견한 커다랗고 평평한 바위를 보면서 다시 느꼈다. 그 돌은 선사 시대의 인류가 남긴 신비한 전언으로 보이는 기하학적 선으로 뒤덮인 화강암 돌배와 유사했다. 그러나 그 후 나는 그것이 그저 돌연장을 연마하고 윤내는 자리였음을 깨달았다. 그 도구와 인류는 사라졌지만, 연마하고 윤내야 할 돌멩이는 가시양골담초 사이에, 1만 년 전 그것을 사용한 사람이 놓아둔 그대로 박혀있었다. 오랜 세월이 서로 닿아있고, 손가락으로 시간을 만질 수 있는, 변하지 않는 시간에 있다는 느낌이 든다.

불가사의

불가사의, 그것은 내가 브르타뉴에서 보낸 유년기에 대해 가장 오랫동안 간직했던 느낌이다. 아마도 어떤 면에서는 그 느낌이 아프리카에서 경험했던 자연의 마력이나 신비와 유사하기 때문일 것이다. 전기가 통할 것 같은 뇌우, 그리고 오고자Ogoja의 전통가옥 지붕이나 카메룬 국경 가까이에 있는 오부두 거리의 거대한 나무 터널 위로 억수같이 쏟아지는 비에서 느꼈던 위력 같은 것 말이다. 열대지방의 대초원에서 흰개미들이 만든 건축물의 너무도 기이한 모습에도 그런 신비함이 있다.

브르타뉴에서 바다와 바람과 비는 난폭하며, 태양은 때때로 이글이글 뜨겁게 타오른다. 커다란 자갈들로 뒤덮이고, 동굴 속 구멍에서 파도가 터져 나오는 작은 만에는 인적이 드물다. 그리고 황야가 있다. 그곳에서는 종종 선돌, 혹은 고인돌이 불쑥 나타나기도 한다. 그 돌의 진짜 이름은 브르타뉴어로 **펠벤**, 즉 '돌기둥'이다. 우리는 돌기둥 유적이 있는 곳이면 어디든 갔다. 높이 20미터에 무게는 300톤이 나가는 선돌을 보기 위해 로크마리아케에도 갔는데, 그 선돌은 번개 때문인지 인간 때문인지 부서져 있었다. 카르낙에서는 석판이나 봉분 위를 기어 올라가기도 하고, 돌멩이들 한가운데서 놀기도 했다. 록튀디에서는 무너진 선돌을 보았고, 가브리니에서는 노 젓는 배를 타고 바다를 건너 지하 사원까지 갔다. 사원의 벽에는 동심원들이 새겨져 있었는데, 가이드의 말에 따르면 그것은 사원을 건설한 자의 지문을 나타낸다. 나는 고인돌이 발산하는 전류의 떨림을 느끼고자 그 화강암 덩어리에 귀를 바싹 들이댔던 기억이 난다. 그리고 나는 그 소리를 들었다! 믿을 수 없을 만큼 놀라웠던 것은 선사 시대의 건축물이 아니라, 어느 날 브르타뉴 사람들이 이곳에 도착해 이곳 신들에게 받아들여졌고 때로는 그 신들을 두려워하면서도 공경했으며, 또한 신들이 그들을 이곳에 정착하도록 내버려뒀다는 사실이다. 어쩌면 나는 외지에서 왔기 때문에, 게다가 아버지의 모리셔스와 조상들의 브르타뉴와 내 어린 시절의 니스 사이를 돌아다니며 우왕좌왕했던 내게 진정한 '내 집'은 이 세상 어디에도 없기 때문에, 세상이 주는 이 낯설음, 이 당혹감, 이 유배의 감정을 느꼈을 것이다. 하늘을 향해 서 있는 돌기둥, 용의 비늘처럼 생긴 선사 시대의 고인돌, 가시양골담초들 사이에 쓰러져 있는 선박들은 내가 아는 세상 이전에 다른 세상이 있었음을, 나는 그저 잠시 머물다 가는 존재에 불과함을 말해주고 있었다….

우리는 우리의 뿌리로 돌아왔다. 그 여정이 지금은 소풍과 비슷해 보일 것이다. 하지만 유년기 시절, 그것은 낡은 고물차를 타고

하는 탐험 그 자체였다. 이른 아침 출발한 우리는 캥페를레를 향해 차를 달렸고, 그다음에는 다시 내륙 쪽에 있는 퐁티비까지 올라갔다. 그곳은 또 다른 브르타뉴였다. 해안에서 먼, 좁은 계곡들의 끝에 있는 한적하고 초록빛이 도는 고장이었다. 마을이라기보다는 촌락이라 할 수 있었다. 조승랠, 르 스튀모, 르 스탕, 케르벤같은 그곳의 마을 이름들은 막연하게나마 친숙한 느낌을 주었다. 그 마을들을 다 지난 후 우리는 클뢰지우라는 마을에 도착했다. 아버지는 아무 확신도 없으면서 그 마을이 우리 고향이라고 단정했다. 진흙 투성이인 마당 둘레에는 견고해 보이는 몇몇 오래된 농가가 있었다. 아버지는 우리에게 "친척들과 인사해라"라고 말했지만, 우리는 별로 그러고 싶지 않았다. 두 아이가 농가 입구에 꼼짝도 하지 않고 서 있었다. 그 아이들은 마치 우리가 침입자라도 되는 양 우리를 쳐다보았다. 우리와 나이가 같거나 또래의 아이들이었다. 가난한 옷차림에 나무 창을 댄 신발을 신고 있었고, 벌건 얼굴은 햇빛에 눈이 부셔 가늘게 뜬 작은 눈 때문에 더 커 보였다. 그 아이 중 하나는 코에 콧물 자국이 눌어붙어 있었던 것으로 기억한다. 우리를 가장 놀라게 한 것은 그들의 머리 모양이었다. 뻣뻣한 머리카락을 사발을 엎어놓은 것처럼 잘랐기에 그들은 갈색 말총으로 만든 투구를 뒤집어쓴 것처럼 보였다. 우리가 그 아이들에게 말을 걸었는지는 기억나지 않는다. 그들은 아무 말도 하지 않았던 것 같다. 고집 세고 의심 많고 겁도 많아 보이는, 바다에서 먼 농가에서 자라 피서객과 파리 사람은 만나본 적도 없는 브르타뉴의 아이들이었다. 두 아이는 나이 차가 좀 있어 보였다. 만일 역사가 다르게 전개되었다면, 우리가 저 아이들의 자리에 있고 저 아이들은 우리 자리에 있었을지도 모른다. 나는 그들을 잊지 않았다. 많은 세월이 흐른 후 다시 브르타뉴를 드나들게 되었을 때, 나는 그 마을에 다시 가보았다. 그곳도 완전히 변했다. 중세 시대에서 튀어나온 것처럼 보이는 사발 머리 모양의 아이들은 이제 더 이상 찾아볼 수 없었다. 시골의 추위 때문에 얼굴과 손이 빨개진, 앞치마를 두른 몇몇 농촌의 아낙네들이 있을 뿐이었다. 내가 말을 걸었던 여인 중 한 명은 자기 이름이 조슬랭이라고 했다. 그건 내 증조할머니 중 한 분의 이름이었다.

대혁명의 시기에 우리 조상은 왜 브르타뉴를 떠났을까? 어린 시절, 나는 혁명력[14] 2년에 군인이었으나 훗날 고국을 떠나 프랑스의 섬(지금의 모리셔스)으로 망명한 나의 조상 할아버지 알렉시 프랑수아를 둘러싼 전설 같은 이야기를 들으며 자랐다. 나는 그가 1792년 가을, 발미 전투[15] 이후 파리에서 야영할 당시 그의 어머니에게 보낸 편지들을 읽었다. 한 편지에서 그는 간단명료하게 이렇게 말한다. "도시는 조용합니다. 사람들은 과거에 왕이었던 사람의 재판을 기다리고 있습니다. 그는 민중의 분노를 피할 수 없을 겁니다." 그는 열렬한 공화주의자였으며, 지방 분권주의자였다. 그런데 프로이센과의 전투에서 팔과 다리를 자르는 외과의의 조수로 복무하

---

14 프랑스 대혁명 이후 종래의 그레고리우스 역법을 폐기하고 도입한 역법. 1793년 11월 24일부터 시행된 혁명력은 1805년 12월 31일까지 약 12년간 사용된 후 폐지되었다.

15 프랑스 혁명 전쟁 중 프로이센 왕국의 병력에 계속 밀리던 프랑스 혁명 정부의 군대가 1792년 9월 20일 프랑스 동북부의 발미에서 결정적으로 승리해 전황을 역전시킨 전투. 이 전투는 프랑스 혁명군의 첫 승리였으며, 이후 프랑스 혁명 정부는 본격적으로 '혁명 정신을 널리 전파'한다는 명목하에 대외 전쟁을 벌인다.

면서 전쟁의 참상을 눈으로 목격했다. 그는 어머니에게 이렇게 쓰고 있다. "그 인간 백정의 잘못으로 프랑스 젊은이 사이에서 수많은 불구자가 생겨날 겁니다." 1793년 이후 그는 올빼미당의 반란[16]을 증오했기에, 모르비앙의 왕당파 반란 진압 작전에 참여했다. 그러나 그는 극도로 가난하여 굶주림에 허덕이는 그 지방의 백성들에게 혁명군들이 저지른 부당한 행위도 참을 수 없었다. (훗날 그가 프랑스의 섬에 있을 때 아들에게 구술해 적게 한) 이야기에서, 그는 왕당파 반란 진압 당시 젊은 기병하사였던 자신이 탄압하는 혁명군의 폭력에 어떻게 맞섰는지 말하고 있다. 그의 부대는 군의 식량 보급을 위해 곡물을 찾으러 모르비앙의 시골을 지나가고 있었다. 한 농부가 맷돌 밑에 곡물을 감추어놓았고 병사들은 그것을 발견했다. 그러자 그들은 재판 절차도 거치지 않고 그를 교수형에 처하려고 했다. 그때 우리 할아버지가 개입하여 혁명군은 강도처럼 행동해서는 안 된다고 주장했다. 그는 그 농부를 옆 마을로 데려가 법정에서 판결받게 하자고 다른 병사들을 설득했다. 마을에 도착해 판사 앞에 선 그는 이렇게 말했다. "이 남자를 교수형에 처하실 수 있습니다. 하지만 그 경우 판사님은 가족을 먹여 살리기 위해 곡물을 숨긴 브르타뉴 사람들을 모두 교수형에 처해야 할 것입니다." 판사는 할아버지의 이야기를 귀담아듣고는 그 농부를 살려주었다. 얼마 후, 프랑수아는 한 병사로부터 비난을 받았다. "기병하사 동지, 당신은 머리를 잘라야 하오." 당시 브르타뉴인들은 긴 머리를 뒤로 묶고 다녔다(사람들은 그것을 '머리 꽁지'라 불렀다). 프랑수아

| 16 브르타뉴 지방을 중심으로 일어났던 귀족과 농민들의 반혁명 운동.

는 검을 뽑아 들고 이렇게 말했다. "내 머리 꽁지를 자르고 싶다면 먼저 내 검을 받아야 할 거요." 이런 일이 발생한 후 그는 그곳을 떠날 수밖에 없었다.

브르타뉴에 만연했던 가난에 이 모든 것이 더해지면서 나의 조상은 고국을 떠나 지구의 반대편 끝으로 갈 결심을 했다. 그것은 결코 쉬운 결정일 수 없었다. 일 드 프랑스로 가려면 몇 달 동안 위험한 바다를 항해해야 했으며, 게다가 다시는 절대 돌아오지 못할 터였다. 어머니, 그리고 누이와의 작별은 비장했을 것이다. 그는 줄리라는 스무 살 된 어린 아내와 갓 석 달밖에 안 된 딸을 데리고 여행을 떠났다. 그의 여권은 그를 178센티미터의 키에, 머리는 갈색이고 푸른 눈을 가졌으며, 얼굴에는 천연두 자국이 있는 스물여섯 살의 젊은이로 묘사하고 있다. 여권의 한 페이지에는 그가 아내와 딸, 그리고 두 명의 하인과 여행한다는 사실을 표시하고 있었다. 하나는 중국 요리사였고, 또 한 사람은 마다가스카르섬 출신의 세탁부였다(여행을 위해 그는 로리앙 부둣가에서 그 하인들을 샀다). 배의 이름은 **동인도행 정기선**으로, 12개의 대포로 무장된 범선이었다. 프랑수아는 갑판 위에 가족을 위한 작은 오두막과 닭과 돼지를 가두기 위한 헛간을 짓게 했다. 새로운 삶의 시작이었다. 하지만 막상 배가 로리앙 항구의 정박지를 떠나 가브르만 앞을 지날 때, 그와 그의 아내의 마음이 어떠했을지 상상이 간다. 그것은 공포정치[17] 시절에

---

17 프랑스 대혁명 이후 1793년 10월부터 1794년 7월까지 지속된 정치. 정권을 장악한 자코뱅당은 사회통제를 강화하기 위해 로베스피에르를 중심으로 혁명재판소를 통해 수많은 정적과 반혁명세력을 처형했다. 1794년 7월 테르미도르 반동으로 로베스피에르가 처형된 후 공포정치는 막을 내린다.

만연했던 재앙의 순간 그가 내린 결정이었다. 그리하여 우리는 브르타뉴에서 태어나지 않았고, 새로이 뿌리를 내려야 했다.

브레즈 아타오('브르타뉴여 영원히')![18]

    브르타뉴 사람들의 단결하자는 외침은 그 과거를 물려받은 모든 이들의 가슴속에 새겨져 있다(나처럼 그곳에 땅을 소유하지 않은 사람일지라도 그러하다). 그 외침은 배우 숀 코너리가 팔에 문신한 **"스코틀랜드여 영원히"**라는 말과 일맥상통한다. 그것을 비웃거나, 그저 어깨를 으쓱하고 마는 사람도 있다. 마치 브르타뉴 사람이면 프랑스인은 될 수 없다는 듯이, 마치 그 두 개는 서로 완전히 반대어라는 듯이 말이다. 혹은 그 모든 것은 그저 지난 시대 이야기일 뿐이며, 지금은 막연하고 아무 쓸모도 없는 향수에 불과하다고 생각하는 사람도 있다. 사실, 내가 어린 시절에 알았던 장소들은 다 변했다. 현대성이 삶의 방식과 더불어 조상들의 환경과 문화를 파괴했고, 브르타뉴는 이제 복구할 수 없을 정도로 세계화의 추세를 따

18 《브레즈 아타오》는 1918년에서 1939년까지, 그리고 1944년에 간행된 잡지 이름이다. 이 말은 양차 대전 사이에 브르타뉴의 자치주의자를 가리키는 말로도 사용되었다.

랐다. 차량 통행이 많은 대로, 공업 지대, 단체 관광, 통제할 수 없는 도시화 등이 그 결과다. 잃어버린 과거에 대한 향수는 명예로운 감정이 아니다. 그것은 나약함이요, 회한의 감정을 집약하는 쓰라림이다. 현재만이 유일한 진리인바, 그 무기력증은 현재를 보지 못하게 하고, 과거로 돌아가게 한다.

브르타뉴의 현재를 만날 수 있는 곳은 이제 생트마린이 아니다. 그곳보다는 차라리 오랫동안 관광객들에게 알려지지 않았던 구역, 화강암 절벽이 있는 라즈곶 쪽의 해안과 브르타뉴를 연상시키는 이름의 곳에서 오늘날의 브르타뉴를 만날 수 있다. 뤼게네즈, 카스텔 코즈, 브레젤렉, 리데, 케르뫼르, 르 반, 그리고 만의 반대쪽에 있는 모르가트, 게네롱, 벨렉, 탈라그립, 페니르 등 어머니가 발음하기를 좋아했던 이름의 곳들이 있는 곳, 케르모방, 코르생, 그리고 어머니가 그 발음에서 암초에 부딪히는 바다의 울부짖음이 들린다고 믿었던 아베르 브락 같은 곳에서 말이다. 캥페르 주변 사과밭의 온화함, 브르타뉴의 코르누아유와 레옹의 나라[19]에 있는 마을 근처 골짜기들의 아기자기함, 혹은 블라베나 엘레 근처 모르비앙[20] 내륙 마을에 있는 라이타강의 비밀에서도 브르타뉴의 현재를 본다. 그것은 언제나 그곳에 있었지만, 급증하는 도시화 현상 한가운데에 존재하는 작은 섬처럼 보인다. 어떤 해안 지역들은 지리학에서 소위 '난개발'이라 불리는 것의 희생물이 된다(난개발의 가장 확실한

---

19 Pays de Léon. 브르타뉴 피니스테르의 북서쪽 끝에 있었던 공국의 명칭이다. 중심도시는 브레스트다.

20 브르타뉴의 남부에 위치한 주로서. 중심도시는 반이다.

예는 프랑스 남부 지역의 코트다쥐르 혹은 바르주일 것이다). 생게놀레로 가는 길이나 생닉 해안 주변 지역의 경우, 9월부터는 완전히 텅 비고 그곳에 있는 별장들의 덧문은 굳게 닫혀 있다. 그 광경을 목격한 사람은 침통함과 버려짐의 감정에 사로잡힌다. 달아나고 싶은 욕망에 저항하는 사람들, 자신의 땅과 농가에 집착하는 사람들은 남자든 여자든 강해지고 단련되어야 한다. 경지의 구획정리로 인해 그들은 대부분 약 10헥타르의 농장을 경영하고 많은 가축을 돌보는 대규모 농장주가 되었다. 그렇다고 그들이 갑자기 부자가 된 것은 아니었다. 서로 멀리 떨어져 살면서, 가족끼리 쉬지 않고 일하면서, 그저 그날그날 먹고 살았다. 대혁명 시절과 기근으로 허덕일 당시, 혹은 수많은 인명을 빼앗아 간 20세기의 여러 전쟁 동안, 그들은 저항했고 그곳에 남기를 선택했다. 요즘에는 그런 선택이 훨씬 쉬울지도 모르지만, 그렇다고 요즘의 선택이 덜 영웅적이라고 말할 수 없다. 금전적 어려움뿐 아니라, 무엇보다도 심리적 압박에 시달려야 하고 시골 사람에 대한 멸시도 견뎌야 한다. 결혼도 해야 하지만 브르타뉴 농부들은 배우자를 만나기 어렵다. 언젠가 가톨릭교회가 결혼을 주선한 적이 있었다. 모리셔스의 젊은 여자들을 데려왔다. 그들은 브르타뉴 남자들의 친절한 태도와 도덕적 품성을 높이 평가했다. 하지만 브르타뉴의 기후를 경험한 후에는 많은 여인들이 그들의 고향인 섬으로 돌아갔다.

오늘날, 내 마음을 뒤흔드는 것은 바로 그 브르타뉴다. 농부들 덕분에, 유년기 시절에 보았던 아름다운 밀밭은 여전히 그 자리에 남아 바닷가까지 길게 뻗어 있다. 모래언덕의 능선 앞이나 해안의 절벽을 따라 펼쳐진 밀밭보다 더 아름다운 것을 나는 모른다. 가시덤불과 고사리로 이루어진 소박한 울타리는, 마치 요란한 바다와 황량한 빌라들에 집요하게 저항하는 상징물처럼, 밀밭과 황야의 경계를 표시한다. 우리는 연안 지역을 보호하는 연안 보존소에, 그리고 문화부와 환경부 장관을 지낸 도르나노 씨에게 감사를 표한다. 그들의 활동은 브르타뉴에 유익했다. 하지만 브르타뉴를 보호하고 자연에 대한 소신과 신비에 대한 경외심을 존중하기 위해 브르타뉴 사람들 자신이 기울인 노력을 잊어서는 안 된다. 선사 시대의 유물을 보호하고, 사잇길을 보존하며, 해변을 깨끗이 정화하고, 작은 숲을 보존할 줄 아는 안목, 이런 것들은 결코 우연의 산물이 아니다. 마을 주민들은 그런 것을 결정하면서 국가의 보조금을 기대하지 않았다. 1960년대에 경지의 구획정리가 이루어지고 얼마 후 브르타뉴에 다시 왔을 때, 나는 현대적인 것이 이 지방을 마구 망쳐버린 것에 아연실색했다. 나는 모든 것이 끝났다고, 과거의 고풍스럽고 매력적인 풍경은 사라져버릴 거라고 생각했다. 그런데 해를 거듭하면서 그곳에 체류하는 동안 나는 브르타뉴의 훼손된 자연을 복구하기 위해 활동하는 비영리 단체 **스콜 아르 클뢰지우**, 즉 경사면 복구 단체의 완벽한 지침에 따라 움푹 파인 길들이 복구되는 것을 보았다.

토지들을 구분하기 위해 회반죽 없이 쌓아 올렸던 파손된 돌벽들은 보수되어 다시 튼튼해졌고, 비록 벽에는 시멘트를 바르고 지붕에는 스페인제 슬레이트를 덮었을지라도, 브르타뉴의 전통가옥이었던 초가집의 모습은 완전히 사라지지 않았다. 누군가는 집요함이라고도 하는 이 조용한 끈질김이야말로 바다와 숲의 고장인 브르

타뉴의 진정한 정체성을 지켜주었다. 그것은 관광을 위한 민간전승
이나 지역색을 위한 배려와는 거리가 멀다. 어린 시절 내가 경험했
던 브르타뉴가 늘 매력적이었던 것은 아니다. 마을 입구에는 쓰레
기들이 쌓여 있었고, 거리에는 술 취한 사람들이 배회하고 있었으
며, 몇몇 집은 지긋지긋할 정도로 가난했다. 브르타뉴의 여기저기
에는 프랑스라는 국가의 보호를 받게 된 후 덮친 극심한 가난의 흔
적들이 남아 있었다. 대혁명이 발발하기 얼마 전, 렌 지방을 방문했
던 영국 여행가 아더 영이 묘사한 장면은 여전해 보였다. 거지들은
누더기를 걸치고 있고 노파들은 칼슘 부족으로 기진맥진했다. 캥
페르에서는 여전히 장 마리 데기네[21]가 살았던 더러운 골목길을 만
날 수 있었다. 내가 중년이 되었을 때의 브르타뉴, 그리고 지금 노년
이 된 후의 브르타뉴는 그 모습이 바뀌었다. 깨끗해졌고 세련되어
졌다. 부인들의 노력으로 농가의 화단은 예쁘게 꾸며져 있었고, 마
을들은 자기 마을 회전교차로와 중심 지역에 활기를 부여하기 위
해 경합을 벌였다. 유기농의 도래는 그동안 무시되었던 옛날 방식
의 시골 경작에 활기를 불어넣었다. 남녀 가릴 것 없이 도시 교외 생
활의 불안정성에 환멸을 느낀 젊은이들은 인생을 바꿀 결심을 하고
이곳에 왔다. 그들은 오래된 돌들을 다시 세우고, 퇴비를 사용하고,
가공된 씨를 거부했다. 그들에게는 허세도 전투적인 태도도 살롱에
서 떠들어대는 생태학자들의 과격함도 없었다. 그들의 손은 단단했
고, 얼굴은 태양과 바람으로 시커멓게 그을었다. 그들은 새로운 모
험가다. 그들의 아이들은 옛날에 우리가 만났던 아이들, 블라베 바

---

21 Jean-Marie Déguignet(1834~1905). 19세기 프랑스 시골 빈민의 삶을 그린《남
부 브르타뉴 농부의 회고록》을 썼다. 그는 군인이자 농부이자 잡화 상인이자 작가였다

닷가에서 멀리 떨어진 곳에 살던 아이들, 양가죽을 뒤집어쓰고 머리는 길었던 우리의 친척 아이들과 닮았다. 어떤 아이들은 다시 브르타뉴어로 말한다. (약간 이상한 억양이긴 하지만 결국 언어는 진화하는 것, 바로 그것이 살아 있는 언어의 특징이 아닌가.) 부분적으로나마, 브르타뉴는 바로 그 아이들을 통해 살아 숨 쉴 것이다.

자치권을 향해?

최근 스코틀랜드에서 실시한 독립 문제 관련 여론조사는 브르타뉴가 가졌던 과거의 환상을 일깨웠다. 대담하게 자치권을 행사한다면? 그것은 시대의 조류가 될 것이다. 코르시카에서, 프랑스 피레네의 바스크 지방에서, 앙티유와 레위니옹과 폴리네시아에서도 때로는 긴박하게 그 문제가 제기될 것이다. 그 영토나 과거의 식민지들에 비해 브르타뉴는 특별한 이점을 가지고 있다. 브르타뉴 역사 중 대부분이라 할 수 있는 900년이라는 세월 동안 그곳은 독립국이자 주권국가였다. 학교에서 배우는 그 어떤 역사책에도 명시되지 않았지만 잊지 말아야 할 것은 브르타뉴 사람들은 조약이나 여론조사를 통해 독립을 빼앗긴 것이 아니라는 사실이다. 브르타뉴의 수호성인 생삼손의 축일이었던 1488년 7월 28일, 프랑수아 공작 2세의 명령에 따라 브르타뉴 군대는 바스크 지방의 지원병과 영국 궁수들의 도움을 받아 브르타뉴의 국경지대에서 프랑스 왕의 군대와 맞섰다. 렌 근처의 생토뱅 뒤코르미에 요새에서 멀지 않은 곳에 있는 옛날 국경에서였다.

당시의 연대기 작가들은 '광기 전쟁'으로 기록했지만, 사실 그 것은 5000명이 넘는 병사들의 목숨을 앗아가고 대부분의 브르타뉴 귀족이 희생된 진정한 대전투였다. 그 전투는 오늘날까지도 '만남의 황야'라 불리는, 우에 황야에서 멀지 않은 나무가 우거진 언덕에서 벌어졌다. 순전히 전술적인 우연으로 인해 프랑수아 공작의 부대는 패배했다. 그들은 높은 지역을 차지했지만, 태양을 마주하고 있었던 것이다. 긴 하루 동안의 격렬한 전투 이후, 브르타뉴 부대는 후퇴할 수밖에 없었기에 숲으로 도망쳤고 그곳에서 그들은 모두 학살되었다. 그들의 패배는 브르타뉴의 방어에 균열을 가져왔으며, 그 이후 렌에서 포위당한 공국의 정부는 항복할 수밖에 없었다. 프랑수아의 죽음 이후, 겨우 12살에 불과했던 여공작 안은 프랑스가 브르타뉴 국민에게 관용을 베풀도록 프랑스 왕에게 굴복해야 했다. 여공작은 일종의 전리품이었다. 왜냐하면, 2년 후 그녀는 정복자인 프랑스 왕 샤를 8세와 결혼해야 했기 때문이다. 살리카법[22]은 여왕을 인정하지 않았으므로 그녀는 계약에 따라 자신의 영토에 대한 모든 권리를 포기했다. 그리하여 브르타뉴의 마지막 군주였던 여공작은 주목할 만한 프랑스 왕비가 되었다. 아버지로부터 받은 교육에 충실했던 그녀는 예술가와 문인들에게 궁정의 문을 열었고, 누가 무슨 말을 하든 브르타뉴에 대한 약탈을 금하게 했다.

22　프랑크 왕국(5~9세기 말)을 구성했던 프랑크족의 주족主族인 살리족의 법전. 이 법에 따르면 여자는 토지나 작위를 이어받는 것을 금지하고 있다. 유럽의 많은 왕국에서 이를 근거로 여자의 왕위 계승을 금지하였다.

그 후 그녀는 상징적 인물이 되었으며, 자신이 죽으면 심장을 황금 상자에 넣어 낭트에 있는 부모님 무덤에 묻어달라고 요구함으로써 조국에 대한 사랑을 증명했다.

독립의 상실은 체제의 변화만을 의미하지 않았다. 사실 대부분의 브르타뉴 사람에게 프랑스 중앙권력에 복종하는 것이 큰 변화를 의미하지는 않았다고 볼 수 있다. 브르타뉴의 정체성은 귀족들의 권력과는 별로 상관이 없었다. 다른 지방에서처럼, 농민이나 노동자들은 자신의 주인과 교류가 없었다. 농노 신분은 더 이상 존재하지 않았지만, 그렇다고 해도 낭트나 렌에서 행해지는 정치가 보통 사람들의 일상생활에 변화를 가져다주지는 않았다. 그들은 자신이 브르타뉴 사람이라는 사실을 알고 있었고, 자신이 모시는 성인들에 대한 의식에 충실하면서 종교의 권위를 존중했다. 하지만 그들이 프랑수아 공작도 안 여공작도 브르타뉴어를 사용하지 않았다는 사실을 알았다면 매우 놀랐을 것이다.

그들에게 달라진 것은 경제였다. 그때까지 독립국이었던 브르타뉴는 유럽의 모든 나라와 무역을 했다. 특히 영국, 스페인, 이탈리아와의 무역이 활발했다. 브르타뉴는 선박의 자재와 밧줄과 돛을 수출하고, 포도주와 향수를 수입했다. 그것은 중세 말기에 반, 캉페르, 그리고 한참 후에는 로크로낭 등의 브르타뉴 도시들이 누렸던 번영의 원천이었다. 생토뱅 드 코르미에서의 패배는 그 번영에 종말을 고했다. 그리고 브르타뉴는 무역의 자유와 독립을 포기하고 식민지 상태를 견디며 살아야 했다. 무역의 자유가 박탈되었을 뿐 아니라, 프랑스 국왕을 위한 세금과 소금이나 수입품에 대한 세금 징수가 추가되었다. 대혁명 직전, 과거에 번영을 누렸던 영토는 프랑스에서 가장 가난한 지역이 되어 있었다. 그리고 그 상태는 현대까지 이어졌다.

대문자 역사Histoire를 다시 쓰지는 않을 것이다. 유럽연합의 출현은 더욱 활발해지는 상업적 교류에 대해 생각하게 한다.

브르타뉴 사람들은 전반적으로 프랑스 극단주의 정당들의 포퓰리즘적이고 반유럽주의적인 경향을 지지하지 않았다. '펜'[23]이라는 정당 창당자의 이름에도 불구하고, 국민전선Front National은 사람들의 호응을 얻지 못했으며, 경제적으로 어려웠음에도 인종주의적이고 이민자 혐오적인 그 정당의 주장은 국민으로부터 배척당했다. 사실 브르타뉴에는 타인에게 문호를 개방하는 오랜 전통이 있다. 아마도 이주와 족외혼이 그들의 유전자에 포함되어 있기 때문일 것이다. 그곳은 프랑스 지방 중 드물게 팔레스타인의 입장을 지지한 지역이다. 심지어 캥페르에는 도로명이 '팔레스타인'인 곳도 있다. 또한, 자유를 위한 투아레그족의 투쟁[24]이 정당함을 주장한

---

23 '펜'은 브르타뉴 출신이자 프랑스 극우정당 국민전선FN을 창당한 장마리 르펜 Jean-Marie Le Pen을 말한다. 현재는 그의 딸인 마린 르펜이 이끌고 있으며, 2018년에 정당명을 국민연합RN으로 바꿨다.

24 투아레그Touareg족은 서아프리카와 북아프리카 경계 지역의 사하라 사막에 사는 유목민족으로 베르베르족의 일파다. 제1차 세계대전 당시 니제르에서 프랑스의 식민정치에 반대하는 반란을 일으켰으며, 1962년에는 프랑스에서 독립한 말리 정부에 대해 반란을 일으켰고, 그 이후로 여러 차례 반란을 일으켰다. 1990년대에는 제2차 또는 제3차 투아레그 반란이라고도 불리는 1990년-1995년 투아레그 반란이 일어났고, 2007년부터 2009년까지 반란이 또 일어났다. 2012년에는 말리 북부에서 아자와트 공화국을 선포하기도 했으나 2013년 프랑스가 말리 내전에 참전하면서 사태는 일단락되었다.

지역이기도 하다. 반면, 국내 정치에서 브르타뉴는 보수적인 성향이 더 강한 것처럼 보인다. 독립국으로의 회귀에 열광하는 이는 별로 없다. 아마도 그것은 과거에 대한 논쟁일 뿐이며, 브르타뉴 사람들은 공화국 이념에 마음속 깊이 동조하기 때문일 것이다. 세무와 경제라는 유일한 실제적 자치권만이 브르타뉴에 원래의 지위를 회복하게 해줄 것이다. 그것이 가능할까? 종속된 국가의 여건은 모험 정신을 가지기에 유리하지 않다. 중앙권력에 병합된 다른 영토들과 마찬가지로, 브르타뉴에서 의존적 관계를 끊기는 어렵다. 대문자 역사에서도 변혁이 가능하듯이 우리는 그 자치권을 꿈꿀 수 있다. 그리하여 과거를 공유하며 결합한 국민이 서로 뜻을 모아 다시 시작하면서, 이 시대가 직면한 문제에 대한 적절한 해결책을 발견할 수도 있을 것이다. 그것은 브르타뉴 출신의 모든 사람에게 일종의 혈육의 특권을 부여하는 좁은 의미에서의 민족주의가 아니다. 민족주의라기보다 그것은 자유를 의미한다. 국고를 관리하고, 이웃과 계약이나 협정을 체결하고, 사회적 계획을 세우고 생태적이고 문화적인 미래를 고안할 자유를 의미하는 것이다.

《해상의 감옥》이라는 멋진 소설을 쓴 브르타뉴 북부의 모를레 출신 작가 미셸 모르트는 그것을 전혀 믿지 않았다. 그의 말에 따르면, 브르타뉴에는 문학이 없다. 그렇다면 그는 켈트족의 음유시인들이나 라 빌마르케 출신 작가인 테오도르 에르사르가 수집하여 출판한 브르타뉴 전통 민속 노래 모음집, 그리고 루이 기유, 페르자케스 엘리아스 혹은 안 폴리에 등 현존하는 브르타뉴의 진정한 작가들은 안중에도 없다는 말이 된다. 그러나 동시에 그는 공식 행사 때면 어김없이 부르는 그 유명한 브르타뉴 찬가 (게다가 웨일즈어에서 번역된)〈브르타뉴, 내 조상의 오래된 나라〉의 가사를 들으면 가슴이 뭉클해지지 않을 수 없다고 고백하기도 했다. 그는 아홉 개의 희고 검은 줄무늬로 장식되고, 구석에는 공작 가문의 문장인 흰 담비의 꼬리가 그려져 있는, 브르타뉴 공국을 상징하는 **구엔 아 뒤** 깃발[25]도 좋아했다. 흰색과 검은색은 500년 전, 생 토뱅 뒤 코르미에에서의 비극적인 대결이 있기 전에 펄럭이던 브르타뉴 깃발의 색이었다.

지금도 브르타뉴 곳곳에 이 깃발이 펄럭이고 있다.

브르타뉴의 영웅

　내 또래들처럼 나는 브르타뉴가 해양국이라는 환상 속에서 자랐다. 우리는 브르타뉴의 진정한 영웅은 쉬르빌, 뒤게 트루앵, 트로플랭, 케르겔랑, 위옹 드 케르마덱 등 널리 알려진 용감한 선원들이라고 확고히 믿었었다. 사실 그들 중에는 노예무역으로 부자가 된 로베르 쉬르쿠프처럼 존경받을 만하지 못한 이들도 있었음에도 말이다. 지금도 여전히 브르타뉴는 바다에 대한 숭배 의식으로 정평이 나 있으며, 이자벨 오티시에나 에릭 타바를리 같은 고독한 항해사들의 고장으로도 유명하다. 형과 나는 우리의 조상이 선원도 어부도 아니고, 그저 척박한 땅에 집착하면서 곡물을 경작하고 가축을 길렀던 모르비앙의 소박한 농부였다는 사실에 무척 실망했었다. 오래전부터, 그러니까 색슨족의 침략으로 브르타뉴 사람들이 잉글랜드에서 밀려나 아르모리크[25]로 이주했던 6세기 이후, 그들이 살았던 곳은 멋지지도 낭만적이지도 않았다. 그곳은 좁은 골짜기들로 이루어진 초록색의 우중충한 시골이었으며, 농가들은 요새처럼 생겼고, 빵 굽는 화덕은 돌로 만든 이글루처럼 생겼다. 그곳에 사는 사람들은 바다와 아무 상관도 없었다. 여러 세대를 지나는 동안 그들은 바다를 알지도 못했다. 어쩌면 아이들과 농장의 동물들을 태운 채 보잘것없는 배를 타고 노 저어가며 북해를 지나 집단 이주했던 기억 때문에 그들에게는 오랫동안 모험에 대한 유혹이 아예 없었나 보다.

생트마린에서 바캉스를 보내곤 하던 어린 시절, 나는 순박한 새우잡이 어부를 나의 영웅으로 선택했다. 그는 모험가이자 아마추어 화가이기도 했다. 그는 자신의 여행에 대해 한 번도 이야기한 적이 없다. 하지만 노를 조종하고, 통발을 들어 올리는 밧줄을 다루느라 단단해진 그의 손힘이 얼마나 셌는지는 지금도 생생하게 기억한다. 일평생 남편을 따라다니며 그를 지지했던 그의 아내 카트린의 온화한 성품도 기억한다.

오랜 세월이 지난 지금, 내가 말하고 싶은 영웅은 다른 사람이다. 브르타뉴 농부의 오랜 혈통으로 나와 연결되는 육지의 남자다. 나 역시 브르타뉴 농부의 혈통을 이어받았으니 말이다. 그의 이름은 에르베. 내 또래의 남자였으며, 나처럼 전쟁의 종식, 시대적 변화, 알제리 전쟁 같은 역사적 사건들을 경험했다. 그와 대화하면서 나는 내가 몰랐던 브르타뉴에 대해 조금씩 알아가게 되었다.

| 26 브르타뉴 지역의 켈트식 이름.

내가 10살이었을 때, 부모님과 함께 코르누아유 북쪽 해안에 있는 두아르느네로 소풍 갔던 기억이 난다. 바다로 가는 내리막길, 항구로의 도착, 기다란 시멘트 방파제, 생선 도매시장과 통조림 제조 공장 건물들 등이 생생하게 떠오른다. 남쪽에 있는 레스코닐이나 르 길비넥, 록튀디 같은 어항漁港들은 관광객들을 위한 휴양지가 아니었다. 그때까지만 해도, 트롤선과 붉은 바지에 방수 재킷을 입은 어부들로 북적대는 그 항구들은 활기찼었다. 그러나 두아르느네를 다시 찾은 나는 충격을 받았다. 그 도시가 북향이었기 때문인지는 몰라도 그곳의 좁은 길과 부두에서, 심지어 바닷물의 색깔에서도 냉랭하고 적대적인 무엇인가가 느껴졌다. 특히 주민들의 분위기는 충격적이었다. 칙칙한 웃옷을 걸치고 챙 달린 선원 모자를 쓴 채 밀집해 있는 음침한 분위기의 군중들에게서 차갑고 적대적인 시선을 느꼈다. 그들은 어부라기보다는 노동자들이었다. 그들에게서도, 그 도시에서도 거칠고 반항적인 분위기가 발산되고 있었다. 그들은 물론 공산주의자들이었다. 파리의 우아한 좌파가 아니라, 데 시카와 펠리니 같은 이탈리아 사실주의 감독들의 영화가 보여준 것처럼, 조용하지만 집요한 활동가들이었다. 비스콘티의 〈흔들리는 대지〉와 로셀리니의 〈무방비 도시〉에 등장하는 해변에 모인 군중들이었다. 똑같이 생긴 검은 옷을 입고 작은 헝겊 모자를 쓴, **정어리 머리**[27]라 불리던 폐쇄적이고 냉혹해 보이는 두아르느네의 여인들도 그 영화 속 군중들과 닮았다. 그 여인네들은 샹스렐의 통조림 공장인 프티 나비르에서 일했다. 그들이 하는 일은 테이블

---

27 18세기경부터 두아르느네 여인들을 가리키는 말로 사용되었으며, 그 후 항구에서 볼 수 있는 어부 아내들의 머리 모양에 그 이름을 부여했다.

위에서 몸을 굽히고 생선 내장을 들어낸 후, 그 생선들을 작은 상자에 담는 것이었다. 20년이 지난 지금, 모든 것은 다 사라졌다. 어업은 중단되고, 공장은 문을 닫았으며, 회색 시멘트 집은 색색으로 칠해졌고, 앙페르 광장에 있는 술집에서는 사람들이 재즈 음악을 듣는다(이제 그곳에서는 더 이상 조르주 페로가 이야기한 칼싸움을 하지 않는다). 기념품점과 피자 가게가 생겨났고, 항구는 박물관이 되었다. 아직도 트롤선은 두아르느네에 기항한다. 하지만 대부분 아일랜드나 포르투갈에서 온 그 원양어선들은 항구에 잠시 정박하여 통속에 담긴 생선들을 내려놓고, 그 생선들은 금방 냉동 트럭에 실려 유럽 각지로 운반된다.

이 이야기를 다시 하고, 기억의 조각조각을 맞추고, 삶의 흐름을 다시 발견하고자 하는 것은 결코 향수에 젖기 위함이 아니다. 먼 옛날의 마술적 힘을 묘사하고, 현재의 모습에서 순간순간 비치는 그 과거의 마력이 다시 나타나는 것을 보기 위해서다. 내가 영웅으로 삼았던 에르베는 블라베 바닷가에 살았던 나의 먼 조상이다. 나는 그가 풀랑의 바닷가에 있는 농가에서 보낸 어린 시절에 대해 말하는 이야기를 들었다. 그는 망설이면서, 단어를 찾아가면서 말했다. 모국어인 브르타뉴어 단어를 프랑스어로 번역해야 했기 때문이다. 그는 겨울의 혹독한 추위에 대해, 밭일에 대해, 어려움에 대해, 부족했던 돈에 대해 말했다. 그런데 그는 마치 행복했던 시절에 대해 말하듯 이야기했다. 그럴 수 있었던 이유는, 두아르느네의 어부와 노동자들과는 다르게 그는 자유로웠기 때문이다. 어린 시절의 축제에 관해 이야기할 때면 그의 얼굴은 밝아졌다. 그것은 환희의 순간이었다. 술을 마시고, 즐겁게 놀고, 가족이나 이웃과 함께 맛있는 음식을 나눠 먹었다. 석쇠에 구운 돼지고기, 크레프, 그리고 뜨겁게 덥힌 사과주가 단골 메뉴였다. 결혼에는 돈이 많이 들었다. 피로연을 열기 위해서 농부는 종종 토지 한 필지를 팔아야 했다. 불행이 닥치기도 했다. 의사에게 치료비를 지불해야 할 때가 그런 경우다. 그 모든 것은 다 과거 시대의 이야기다. 하지만 내 세대 사람들은 그것을 기억한다. **바르 아브젤**, 즉 태풍이 몰려오기도 했다. 에르베는 쥐망곶의 바다 앞에 균형을 잡고 서 있는 거대한 돌덩어리를 보여주었다. 브르타뉴어로 '노래하는 바위'(**카레그 손**)라는 뜻을 가진 그 돌멩이는 난파를 알릴 때면 특별한 방식으로 떨리는 소리를 냈다. 내가 어렸을 때 종종 듣곤 했던 이야기, 일부러 불을 피워 선원들을 유인한 후 그들이 탄 배를 난파시켜 약탈하는 자들에 대한 전설의 출처는 바로 이것이었다. 선원들을 속이기 위해 해안가를 따라 염소 뿔에 초롱불을 매달아 놓는 이야기는 그를 웃게 했다. 폭풍우가 몰아칠 때, 한 마리의 염소에 등불 하나를 걸어놓으려고 애를 써본 적이 있나? 바위가 울리면, 그 지역 주민들은 태풍이 무엇을 날라왔는가를 보기 위해 모두 절벽을 내려갔다. 그의 기억에 남아 있는 것 중 하나는 자갈 해변에 밀려온 거대한 와인통이었다. 그 주변에 사는 사람들은 밤마다 세관원 몰래 그곳에 가서 1리터짜리 포도주병을 가득 채워 오곤 했다.

나는 장소가 가진 마술적 힘에 대해 에르베가 이야기하는 것을 듣는 것이 좋았다. 현대화에도 불구하고, 브르타뉴의 신비스러움은 이곳으로 전달되어 생생하게 살아 있다. 그것은 조상의 전통을 물려받은 몇몇 남자들과 여자들을 통해 전달된다. 아마도 그들은 국가에서 운영하는 초등학교가 아니라 땅과 바람과 계절의 교육을 받았기 때문일 것이다. 에르베는 두 갈래로 갈라진 막대기를 가지고 땅속에 물이 있는 것을 감지하여 우물을 파야 할 장소를 선택할 줄도 안다. 그의 할머니가 그 재능을 그에게 물려주었다. 그 할머니는 접골사이기도 했다. 무사마귀를 떼어내고 피부병을 치료하는 것도 전문이었다. 에르베는 자연과 깊은 유대관계에 있다. 기후의 변화를 감지하고 태풍의 위협을 느끼는가 하면, 바다와 수평선을 바라보면서 날씨를 예측한다. 스티븐슨 소설의 주인공들처럼 그는 히드꽃이 만발한 황야의 아름다움에 감동할 줄도 알고, 비 온 후 실개천의 물 흐르는 소리에 귀를 기울일 줄도 안다. 브르타뉴어를 말하고, 브르타뉴를 위한 정치적 미래를 꿈꾸는 것, 그런 것들은 그에게 중요하지 않다. 그는 그냥 이 지방 사람일 뿐이며, 그것에 대해 자부하지도 불평하지도 않는다. 바위나 참나무, 갈매기나 노루 혹은 사육장에 있는 토끼들처럼(그는 항상 그 토끼들을 위해 수확물 중 일부를 비축해둔다), 그가 브르타뉴 사람이라는 사실은 자연스럽고 당연하다. 열심히 일한 덕분에, 그리고 그의 아내 마리앙주가 수완을 발휘한 덕분에, 고된 노동의 세월 후 그들이 은퇴해서 사는 집은 황야 한복판에 있는 꽃이 만발한 오아시스다.

나는 바로 그런 이들에게 이 소소한 이야기를 바치고 싶다. 이것은 고백이나 추억 앨범이 아니다. 그저 단조로우면서도 머릿속을 떠나지 않는 브르타뉴의 노래다. 지금도 폭풍우 속에서 '노래하는 바위'가 부르는 노래, 그 오래된 지난날 밤 축제의 열기 속에서 우리 조상들이 브르타뉴의 전통악기 비니우와 봉바르드의 날카로운 음악을 배경으로 발을 구르며 반복하여 전하던, 바람이 실어간 노래다.

아이와 전쟁

ROQUEBILLIÈRE (A.-M.). — Baraquements de Sioletta et Clocher de l'Église des Templiers.

—

프랑스의 경우, 제2차 세계대전은 1939년 9월 3일에 시작되었다. 나는 1940년 4월 13일 니스에서 태어났다. 인생의 첫 다섯 해를 나는 전쟁 속에서 살았다. 나에게 그 전쟁은, 아니 모든 전쟁은 그저 하나의 역사적 사건이 아니다. 나는 전쟁을 하나의 현상으로, 그 원인을 분석하고 결과를 추론할 수 있는 하나의 현상으로 이해할 수 없다. 나는 전쟁에 대해 객관적으로 말할 수도, 전쟁을 정치적 혹은 윤리적 상황과 연관 지을 수도, 전쟁에 대해 논쟁을 벌일 수도, 전쟁의 불가피성을 논의할 수도, 전쟁으로부터 철학적 교훈을 끌어낼 수도 없다. 나는 거리를 두고 전쟁을 말할 수 없다. 그저 감정과 느낌, 태어나서 최초의 기억이 남아 있는 다섯 살에서 여섯 살까지의 아이가 겪었던 불안정한 감정의 흐름만 있을 뿐이다.

내가 쓰는 것은 유년 시절의 추억이 아니다. 그런 건 다른 사람들이 많이 했다. 게다가 내가 쓰더라도 그만큼 쓰지 못했을 만큼 훨씬 잘 썼다. 그래서 나는, 일종의 자만심을 가지고 시인 이지도르 뒤카스의 좌우명을 따르기로 했다. 로트레아몽 백작이라는 필명을 가진 그는 자신의 《시법Poésies》에서 "나는 회고록을 쓰지 않을 것이다"라고 말했다.

전쟁에 대해 무슨 말을 할 수 있을까? 전쟁은 아이에게 일어날 수 있는 최악의 사건이라고 간단히 말할 수도 있을 것이다. 현대 생활에서 우리는 파괴의 이미지에 익숙해졌다. 우리는 매 순간, 텔레비전 뉴스에서, 점심시간에, 혹은 현장 보도에서 파괴의 이미지를 본다. 그것은 신문의 1면에 대서특필되고 잡지의 표지를 장식한다. 충격적이고 끔찍한 이미지들이다. 어린 소녀가 알몸으로 길거리를 뛰어간다. 그녀는 행인들에 둘러싸여 있다. 그녀는 미군이 쏜 네이팜탄 폭격을 피하고자 달려가고 있다. 그러나 해발 3000미터 고지의 막사 안에 있는 그 군인은 어린 소녀의 불행을 걱정하지 않는다. 베를린 폭격 이후 아마추어 사진사가 찍은 흑백 사진에는 누더기를 걸치고 연기 나는 폐허를 헤매고 다니는 아이들이 있다. 전쟁을 나타내는 이 이미지 속에는 좋은 사람도 나쁜 사람도 없다. 적도 없다. 한쪽에는 어린아이들이, 다른 쪽에는 군복과 무기 덕분에 익명성을 보장받은 어른들이 들고 있는 맹목적이고 사나운 기계가 있을 뿐이다.

아이들은 전쟁이 무엇인지 모른다. 나는 전쟁이 계속되는 동안, 그리고 전쟁이 끝난 후에도 몇 년 동안은, 전쟁이라는 단어를 들은 기억이 없다. 아이들에게는 일어나는 모든 일이 전부 당연하며, 아이들은 자신의 삶이 다를 수 있다는 생각을 하지 못한다. 주변의 어른들이 그것을 말해주지 않기에 아이들은 그런 것을 예상하지 못한다. 어른들은 그저 이해할 수 없는 이야기만 한다. 아이들이 불안해할까 봐, "사람들이 그러는데…", "…인 것 같아" 등의 모호한 말만 한다. 하지만 분명한 것은 침묵이 더 두렵다는 사실이다. 나는 전쟁이라는 단어를 들어본 기억이 없지만, 무슨 일이 일어나고 있었다는 사실은 기억한다. 다른 곳에서, 밖에서, 길에서 무슨 일인가 벌어지고 있었다. 밖으로 나갈 수 없었다. 창문으로 밖을 내다볼 수도 없었다. 보이지는 않았지만, 분명히 존재하는 협박과 금지가 있었다. 벽 뒤에, 그리고 안전지대에 머물러 있어야 했다. 우리의 유년기는 평화로운 시기 아이들의 유년기와 아주 달랐을까? 알 수 없다. 아마도 그랬을 것이다. 밖에는 공포가 도사리고 있었음을 상상할 수 있다. 그것은 세찬 폭풍우가 몰아칠 때 느낄 수 있는 두려움도, 누군가 문을 두드린다거나 위협을 가하는 등의 예상치 못한 상황에 처했을 때 느낄 수 있는 두려움도 아니다. 악마나 마녀 이야기, 늑대가 주위를 돌아다니는 동화, 식인귀와 마녀가 사는 숲속 오두막집의 전설을 떠올리게 하는 동화가 아이들에게 불러일으키는 그런 종류의 두려움도 아니다. 아이들은 그것이 꾸며낸 이야기라는 것을 안다. 아이들은 그런 이야기를 좋아한다. 두려움은 때때로 감미롭기 때문이다. 전쟁 중의 아이였던 나는 늑대나 마녀의 이야기가 주는 공포를 알지 못했다. 내가 경험한 것은 얼굴도 이름도 이야기도 없는 두려움이었다. 그것은 감미롭지 않았다. 한 번도 감미로웠던 적이 없다.

내 삶의 첫 번째 기억은 폭력에 대한 기억이다. 전쟁이 시작될 때가 아니라 끝나갈 즈음의 일이다. 그 기억은 너무도 강렬하고 생생해서, 실제로 그것을 경험했다는 사실에는 의심의 여지가 없다. 나는 니스 항구 위쪽의 카르노대로에 자리한 건물 7층에 있는 할머니 집 욕실에 있었다. 목욕탕에서는 가스 온수기로 물을 데워 더운물을 공급하고 있었다. 가스에 불이 붙는 데는 언제나 시간이 걸렸기 때문에 나는 가스 냄새를 맡곤 했다. 그 냄새는 독하고 맵다. 온수기에 불이 들어왔다. 할머니가 목욕 준비를 하고 있었던 것 같다. 지금 생각하니 늦은 아침이었을 것이다. 할머니는 절대 그 전에 일어나는 법이 없으니 말이다. 목욕은 일종의 의식이었다. 전쟁 중이지만 그래도 가스는 공급되고 있었다. 당시 우리는 지붕 밑의 작은 아파트에서 할아버지, 할머니, 어머니, 그리고 형과 내가 포개져 살았다. 그 전 해에 우리는 해안 지대를 떠나 산으로 피신했었다. 그러다다시 니스로 돌아왔다. 아마도 할머니가 돈과 양식과 옷가지를 챙기기 위해서였을 것이다. 니스는 이탈리아군이 점령하고 있고, 독일군은 그곳으로 도착하고 있었다. 당시에는 그런 것들에 대해 아무것도 몰랐지만, 역사적 사실에 비추어 그 모든 것을 유추할 수 있다. 폭탄의 충격은 끔찍했다. 폭발음에 대한 기억은 없다. 단지 목욕탕 바닥을 뒤흔들었던 파동과 붕 떴던 내 발, 그리고 내 목구멍에서 새어나온 비명소리를 기억할 뿐이다. 충격, 지진, 추락, 그리고 나의 비명소리, 이 모든 것이 동시에 일어났다. 훗날 어른이 되었을 때, 1985년 멕시코에서 발생한 대지진을 경험한 적이 있다. 땅은 물렁물렁한 액체가 되고, 안전한 것은 아무것도 없으며, 모든 것이 사라져 버릴 수 있다는 무시무시한 느낌이 들었었다. 하지만 그 둘 사이에는 차이가 있다. 폭탄이 터졌을 때 나는 자기의 감정을 말로 표현할 줄 모르는 어린아이였다. 멕시코에서 "지진이다!"라고 외칠 때는 이런저런 생각을 했지만, "어! 폭탄이네!"라고 말하면서는 생각이라는 것을 하지 않았다. 나는 아무것도 생각하지 않았다. 그저 온 힘을 다해 소리 질렀을 뿐이다. 그 소리가 너무도 날카로웠기에, 그때를 기억할 때면, 소리가 목구멍에서 나오지 않았다는 인상을 받는다. 그 소리는 온 세상에서 튀어나와, 나의 고막을 찢는 폭발음과 뒤섞인다. 그 소리는 내 몸과 하나가 된다. 소리치는 것은 내 목구멍이 아니라 나의 몸이다. 나는 그 소리를 선택하지 않았다. 그 순간도 선택하지 않았다. 어린아이에게 전쟁이란 바로 그런 것이다. 아이는 아무것도 선택하지 않았다.

할머니 집 정원에 떨어진 폭탄은 그 동네 유리창을 모두 박살냈다. 폭탄이 터지면서 계단 옆의 벽에는 금이 갔다. 온수도 꺼졌다. 잘 기억나지 않지만, 할머니는 내가 괜찮은지, 유리 파편을 맞고 다친 것은 아닌지를 보기 위해 황급히 목욕탕으로 달려왔던 것 같다. 가스 밸브를 잠그기 위해서기도 했다. 바람 때문에 온수기의 가스 불이 꺼지면, 가스가 샐 수도 있기 때문이다. 할머니는 분명 그 일부터 시작했을 것이다. 우선 가스 밸브를 잠그고 난 후 나를 보살폈을 것이다. 어른들은 그렇게 행동한다. 어른들은 이성적이다. 물론 전쟁은 어른들의 일이다. 어른들은 폭격이나 지진 등의 위급 사항이 닥칠 경우 그 대처법을 잘 안다. 당황하지 않는다. 필요한 조치를 취한다. 우리 할머니는 강인한 여인이었다. 쉽게 공포에 사로잡히지 않았다. 할머니는 끔찍하고 무시무시한 제1차 세계대전을 겪었다. 전쟁 동안 할머니는 독일군이 마른강의 우안에 설치한, 세상에서 가장 큰 대포가 쏘는 포탄이 파리를 향해 하늘 위로 날아가는 소리를 듣곤 했었다.

할머니 아파트의 정원에 떨어진 폭탄은 어마어마하게 큰 소리를 냈고, 보도블록은 전부 산산조각이 났다. 폭탄의 무게는 277킬로그램이었다. 오늘날, 미 공군(영국, 프랑스, 혹은 다른 어떤 나라의 공군도 마찬가지다)은 민간인을 향해 2000킬로그램의 폭탄을 투여한다. 나는 종종 이라크, 아프가니스탄, 시리아, 리비아, 팔레스타인, 레바논의 아이들을 생각한다. 어릴 때의 나처럼 할머니 집 욕실에서 목욕탕 물이 차오르는 것을 바라보고 있는 아이들. 혹은 그냥 집에서 장난감 트럭이나 인형이나 플라스틱 컵을 가지고 놀고 있는 아이들. 아니면 마당에서 방금 빤 세탁물을 너는 어머니를 바라보고 있는 아이들. 나는 그 아이들을 생각한다. 나는 캐나다 폭탄으로 터져버린 고막 때문에 이루 말할 수 없는 타격을 받았거늘, 하물며 그토록 무겁고 강력한 폭탄에 대해, 콘크리트도 뚫을 수 있고 지하 3층에 있는 적까지도 타격하도록 만들어진 폭탄에 대해 요즘 아이들은 어떤 기억을 가질까? 아이들은 어떻게 전쟁 전의 상태로 돌아갈 수 있을까? 부상당하지 않더라도, 한 번이 아니라 열 번, 스무번의 폭발음을 들어 익숙해질지라도, 사람들이 "전쟁이다"라고 말할 때 그것이 무엇을 의미하는지 알지라도 말이다. 어떻게 그 기억에서 벗어날 수 있을까?

캐나다 폭탄(사실 나는 그것이 어느 나라 폭탄인지 모른다. 하지만 캐나다 공군이 폭격을 통해 프랑스를 탈환하기 시작했기에, 특히 생말로, 브레스트, 덩케르크, 그리고 툴롱과 마르세유, 니스 등의 항구에 집중적으로 폭탄을 투여했기에, 나는 그것이 캐나다 폭탄이라고 생각했다)의 투하하는 폭력의 시작을 알리는 표시였다. 그때까지만 해도 니스의 주민들은 비교적 안전했었다. 니스는 태양이 이글거리고, 겨울에는 밍크코트를 입은 예쁜 여자들이 부둣가를 산책하는 코트다쥐르의 휴양지였다. 그때까지만 해도 전쟁은 다른 곳에 있었다. 프랑스 땅이긴 하지만, 반대편 끝에 있는 '전선'의 일이었다. 아니면 독일에 병합된 영토의 경계선이 있는 '위험한 지역'에서나 일어나는 일이었다. 남쪽의 니스, 칸, 앙티브, 그리고 생트로페나 라마튀엘을 지나 툴롱까지는 군사적 충돌이 없는 '안전한 지역'이었다. 부유한 예술가, 작가, 영화인들이 그곳에서 피난처를 찾았다. 1940년대의 사진에서는 그런 멋쟁이 신사들과 예쁜 여자들이 니스의 프롬나드 데 장글레 거리를 산책하는 모습을 볼 수 있다. 사진사들은 남몰래 그 행복하고 유복한 사람들의 사진을 찍으면서 돈을 벌곤 했다. 나는 그런 모습의 할머니 사진을 본 적은 없지만 할머니는 분명 그런 부류에 속했을 것이다. 할머니는 1900년대의 유행에 따라 긴 원피스에 종 모양의 모자를 쓰고, 모피 외투를 걸치고, 검정 무도화를 신는, 아름다운 여인이었다. 전쟁이 일어나기 얼마 전, 할아버지와 할머니는 니스에 정착하기로 했다. 그들은 파리에서 모든 것을 잃었다. 파산했기 때문이 아니라, 당시 프랑스를 지배했던 좌파 정당 인민전선Front Populaire의 집권과 1931년의 경제위기, 그리고 임대료 모라토리엄 때문이었다. 그런 상황을 예상치 못했던 그들은 이미 은행에서 대출받아 부동산을 샀었다. 은행은 감정이 없기에 융자금을 갚을 것을 요구했다. 그러나 모라토리엄 때문에 임대료를 제대로 받지 못한 그들은 융자금을 상환할 수 없었다. 결국 매입가에도 못 미치는 가격으로 부동산을 팔고 그곳을 떠날 수밖에 없었다. 다른 많은 파산자처럼 할머니는 니스를 선택했다. 태양과 바다가 있고, 집세도 쌌기 때문이다. 게다가 모리셔스 출신인 할아버지는 파리가 지긋지긋했다. 할아버지 말에 따르면 파리에서는 태양이 편지 봉인용 밀랍 조각처럼 생겼다고 했다.

다른 곳과 달리 니스에서는 전쟁이, 이를테면 소小희가극에 나오는 전쟁처럼 보였다. 점령군은 이탈리아군이었다. 이탈리아 사람들이 친절하다는 것은 익히 알려진 사실이다. 그들은 멋진 양복을 입고, 닭털이 달린 모자를 썼다. 우리 어머니는 아름다운 금발 여인이었기에 이탈리아 군인들의 마음을 사로잡았다. 어머니가 카르노대로를 걸어 올라갈 때면, 그들은 어머니가 쇼핑한 물건을 대신 들어주곤 했다. 그들은 여자들에게 친절하고 정중했다. 산으로 피난 간 후에도 우리는 굉장히 위험한 처지에 놓였다고 생각하지 않았다. 그때까지만 해도 우리는 길거리를 걸어다니며 자유로이 왕래할 수 있었다.

바로 그때 캐나다 비행기가 폭탄을 투하했다. 폭탄은 분명 커다란 방파제, 크레인, 독일군이 해안에 설치한 포병대의 대포 같은 항만시설들을 겨냥했을 것이다. 그러나 과녁은 빗나갔고, 궤도를 이탈하여 날아다니던 폭탄은 우리 할머니의 아파트 정원에 떨어졌다. 거듭 말하지만, 그 폭탄은 나에게 폭력이 시작되었음을 알리는 표시였다. 그것은 북을 치고 징을 치며 위험을 알리듯, 일종의 경고 포격이었다. 그것은 우리 어머니에게, 우리 할머니에게, 우리 모두에게 말하고 있었다. "자. 드디어 전쟁이다. 이제 더 이상 아닌 척하지 말자."

내가 '북 치는 소리'라고 말한 것은(사실 엄밀히 말해 그것은 천둥소리에 더 가까울 테지만), 그 굉음이 진정 우리의, 할머니와 어머니와 형과 나의 삶을 완전히 변화시켰다고 말하고 싶기 때문이다. 독일 점령지와 프랑스의 경계선을 지나 니스에 자리를 잡으면서, 그때까지 우리는 전쟁이 거기까지 우리를 쫓아오지는 못할 거라는 환상 속에서 살았다.

하지만 전쟁은 니스까지 도달했다. 영국, 미국, 캐나다는 프랑스 탈환계획을 실행에 옮기기 시작했다. 독일군은 독일 점령지와 프랑스의 경계선을 넘었고, 프랑스 남부 지역을 점령한다는 결정을 내렸다. 그들은 이탈리아 사람을 믿지 않았다. 그들은 태양을 찾아 도피한 탈주자, 부자 등 모든 사람을 강제수용하기로 했다. 유대인들도 강제수용 대상이었다. 그런데 우리는 왜?

우리는 유대인이 아니다. 부자도 아니다. 그러니 아무것도 두려워해서는 안 될 터였다. 하지만 우리는 아버지와 할아버지의 국적에 따라 영국 시민이었다. 당시 모리셔스라는 나라는 존재하지 않았다. 우리의 국적은 독일인들이 가장 증오하는 나라인 영국이었다. 내가 태어났을 때, 아버지는 어머니에게 미국 영사관에 가서 출생신고를 하라고 했다. 영국 대표부는 이미 니스를 떠나고 없었기 때문이다. 미국 영사는 아일랜드 사람이고, 이름은 오길비였다. 그는 우리 어머니 아버지를 잘 아는 분이었다. 바로 그가 우리한테 닥칠 수 있을 위험을 어머니에게 미리 알려주었다. "독일군이 두착하고 있습니다. 이곳을 떠나 어디론가 숨어야 합니다. 당신과 당신의 가족은 집단수용소에 강제수용될 수도 있습니다." 많은 프랑스인이 그렇듯이 할머니가 영국인들을 무척 싫어했다는 사실을 생각하면 참으로 아이러니하다. 하지만 독일인들은 그런 세세한 것까지 조사하지 않을 것이다. 그들은 닥치는 대로 전부 강제수용할 것이다. 우리는 집단수용소로 끌려갈 것이다.

우리가 피난 간 곳은 니스의 북쪽 내륙지역에 있는 베쥐비계곡의 로크비에르라는 작은 마을이었다. 우리 어머니와 할머니는 왜 그 마을을 선택했을까? 누가 그곳으로 가라고 충고했을까? 그 선택은 그 당시, 그러니까 1943년 4월에 니스에 살던 유대인 공동체를 받아들였던 생마르탱의 마을과 모종의 관계가 있는 것은 아닐까? 생마르탱도 베쥐비계곡 안에 있었다. 두 마을의 주민들은 동정심을 발휘했던 것일까? 그 후, 그들은 이탈리아에서 온 밀입국 이민자들에게도 매우 관대한 태도를 보여주었다. 독일군이 프로방스 지방으로 진입할 때 도피자들을 받아들이는 것은 대단한 용기와 결단이 필요한 행위였다. 로크비에르와 생마르탱 마을의 주민들은 보복의 위험을 감수했다. 발각된다면 남아 있던 남자들도 강제수용소로 끌려갈 수 있었다. 더욱 놀라운 것은, 베쥐비계곡의 두 마을에서 주민들이 보여준 연대감은 완벽했다는 사실이다. 고발도 반대 의사도 없었다. 모든 주민은 예외 없이 도피자들을 지지했다. 로크비에르에서 우리를 받아준 가족은 도피자 가족인 아녀자 둘과 노인 하나, 그리고 두 아이들을 위해 자기 집 2층을 내주었다. 아래층은 창고로 사용되고 있었다. 영국인들을, 그러니까 점령군의 적들을 말이다. 생마르탱에서도 그랬다. 누구에게나 힘든 시기였음에도, 그 산골 사람들은 유대인 가족을 받아들이고, 자기 집에 묵게 하고, 그들이 먹고살도록 도와주었다. 우리가 살아남은 것은 분명 세심하면서도 요란스럽지 않은 그들의 영웅적 행위 덕분이었다.

아이들은 물론 그런 것들에 대해 아무것도 모른다. 이사는 소형 화물차로 해야 했다. 할머니의 옛 재산 중 남아 있던 누런 드디옹부통 자동차를 타고 갈 수는 없었다. 그 차를 타고 길거리를 돌아다니면 비밀정보원들의 주의를 끌 터였다. 그런 상황에서 어른들은 아이들에게 무슨 말을 할 수 있을까? 우리는 휴가를 위해 여행을 떠난 것이었다. 그뿐이다. 우리는 주소를 남기지 않았다. 그것은 너무 위험했다. 그곳에서 8000킬로미터 떨어진 먼 곳 아프리카에 있던 우리 아버지는 아무것도 몰랐다. 아니 어쩌면 미국에서 보내는 외교 루트를 통해, 오길비 씨를 통해 어딘지는 언급하지 않은 채 도피 소식을 전해 들었을지도 모른다. 당신의 가족은 안전하다고 말이다. 아버지가 프랑스로 와서 우리와 합류한 후 우리를 영국으로 보낼 생각을 한 것은 바로 그때일까? 그는 나이지리아의 카노까지 올라간 후, 사하라사막을 가로지르는 트럭을 탔고, 프랑스 남부에서 우리를 만나기 위해 알제에서 배를 타려고 했다. 그러나 그는 북아프리카에 머물고 있던 한 자유프랑스군[1] 장교의 반대에 부딪혔다. 그 장교는 아버지의 승선을 거부했다. 아버지가 영국인이고, 알제리의 메르 엘케비르[2] 해군기지에서 영국인들이 프랑스 함대를 침몰

---

1 1940년 독일 점령 당시 런던으로 망명한 샤를 드 골 장군의 주도로 성립된 군사 단체다.

시켰다는 이유에서였다. 하지만 할머니와 어머니가 독일군을 피해 니스의 산골 마을로 도피하게 된 동기는 그 프랑스 장교의 거부 때문만은 아니었다. 1940년의 프랑스처럼 전쟁에서 패배한 나라에는 더 이상 연대감도, 법도, 존엄도 존재하지 않았다. 복수와 타협만이 판쳤다. 과거의 원한은 아직 뭐라도 할 수 있는 사람, 반항하면서 무기를 들고 나설 수 있는 사람들의 눈을 흐리게 하고, 적도 구분하지 못하게 만들었다. 영국인을 돕는 대신 그들은 정복자의 편에 서서 정복자에게 도움을 주었다. 아마도 그것이 패배에 대한 설명이리라.

라디게가 그의 《육체의 악마》 첫 부분에서 말했듯이, 나에게(아이들에게) 그 전쟁은 4년간의 긴 방학이었다고 말할 수 있을까? 그 상황은 청년들에게 뭐라도 할 수 있는 남자임을 보여주는 기회였을 수도 있다. 하지만 그렇게 생각하기에는 우리가 너무 어렸다. 여자만 있는, 남자라고는 아이와 노인뿐이었던 곳에서 살았던 것이 사실이다. 그런 상황이 우리에게 어떤 변화를 가져왔을까? 어렸을 적 나는 아버지 없이 자랐다. 아버지는 적도 아프리카의 의사였다. 우리는 우리에게 아버지가 있다는 사실을 알고 있었다. 어머니는 매일 저녁 일종의 예배 의식을 치르면서, 우리를 너무도 그리워하는 '아빠papa'를 위해 간단한 기도를 하게 했다. 그것은 약간 추상적이었다. 그 '아빠'는 '산타 할아버지papa Noël'일 수도 있을 터였다.

2　제2차 세계대전 중이던 1940년 7월 3일, 프랑스 알제리 해안의 오랑 근처에 있는 메르 엘케비르 해군기지에서 영국 해군이 중립을 표방했던 프랑스 해군 함정을 공격한 바 있다.

아버지는 편지도 하지 않고, 사진도 보내지 않았다. 감옥에 있을 수도 있었다. 아니면 아예 존재하지 않을지도 모른다. 아버지의 존재가 그리웠던가? 그것을 어떻게 알겠는가? 알지도 못하는 사람을 그리워할 수 있나?

하지만 여자들 사이에서 내 삶의 처음 몇 해를 보냈다는 사실은 분명 전쟁에 대해 내가 가질 수 있는 생각을 바꾸게 했을 것이다. 그 시기 동안 인간의 생명과 비용과 자원에 있어 어떤 희생을 치렀는지 잘 아는 오늘날조차, 대중심리의 차원에서 전쟁은 일종의 고귀함을 간직한다. 사람들은 어떤 이의 용감한 행동을, 또 어떤 이의 기지를, 위대한 지휘관의 천재적 능력을, 그리고 끔찍한 시간을 통해 인간에게서 발견할 수 있었던 가치를 찬양한다. 그러나 여자나 아이들에 대해서는 아무 언급도 하지 않는다. 그들에 대해 말할 때는 인명 피해나 민간인 학살 등의 참화를 이야기할 때뿐이다. 최근 사람들은 군사작전에서 발생하는 무고한 민간 피해를 의미하는 '부수적 피해'라는 용어를 만들어냈다. 그 말에는 모든 의미가 담겨 있다. 여성과 아이들은 전쟁에 부수적인 요소다. 부상을 당하거나 사망한 이들의 숫자를 세고, 그들을 조사한다. 마치 가축의 손실이나 건물의 파괴, 보유한 금이나 비축된 양식의 약탈 현황에 대해 수를 세고 조사하는 것과 같다. 그들은 피해자가 아니다. 그들은 피해다. 그들은 절대 영웅이 될 수 없다. 제롬 데이비드 샐린저의 경이로운 단편소설 〈에스메를 위하여, 사랑 그리고 비참함으로〉의 화자가 말했듯이, 영웅이란 존재는 차라리 헤밍웨이처럼 말로만 떠드는 수다쟁이에서 찾아야 한다. 그는 영국에서 장교 식당에 들어가면서 자신의 도착을 알리기 위해 북을 치게 했고, 이에 하급 병사들은 겁먹은 눈으로 그를 바라보았다고 한다.

여자들 사이에서 전쟁을 겪는 것은 불안한 동시에 온화했다. 불안했던 이유는, 우리 할머니처럼 강인한 여성일지라도, 여자들은 밖에서 일어나는 일에 속수무책이었기 때문이다. 여자는 그 시절 남자의 절대 권력에 복종하듯이 전쟁에 복종했다. 나는 물론 그 당시 아무것도 이해하지 못했다. 하지만 아이들은, 아주 어린 아이일지라도, 어른들이 감추는 것을 알아채고 그들이 거짓말을 하고 있다는 사실을 본능적으로 느낀다. 위험이 도사리고 있었다. 하지만 그 위험은 도대체 어디서 오는 것일까? 분명 밖에서 오는 것이리라. 왜냐하면 종이로 창문을 가려야 했기 때문이다. 그리고 특정 시간에만 할머니나 어머니를 따라 고기와 우유와 야채를 파는 시내로 나갈 수 있었기 때문이다. 위험은 분명 밖에서 왔다. 왜냐하면 밖에는 죽음이 있었기 때문이다. '죽음'이라는 단어를 들었다. 세 살, 네 살의 어린아이에게도 벌써 그 단어는 무언가를 말해주고 있었다. 그 말은 대화 중 여인들의 입에서 나왔다. "누구누구가 죽었어, 누구누구가 살해됐어." 그것은 보이는 죽음이 아니라, 보이지 않는 죽음이다. 실제로 명확히 기억나지는 않지만, 나는 분명 '죽음', '사망자' 같은 단어들을 들었을 것이다.

하지만 그것조차 온화했다. 정말로 아주 온화했다.

우리가 2층에 살았던 그 집은 로크비에르 마을 맨 꼭대기에 있었다. 그 공간은 아주 작았다. 부엌과 식당을 겸한 거실이 있었고, 할머니 방 하나, 어머니가 우리 형제들과 함께 쓰던 방 하나, 그리고 할아버지의 작은 골방이 있었다. (할아버지는 골초였기에 할머니 맘에 들지 않았고, 방에서는 담배 찌든 냄새가 났다.) 그곳에서 우리는 전쟁의 시기를 보냈다. 그 장소가 그토록 쾌적하게 느껴졌던 이유는 여자들이 만들어낸 분위기 때문이었다. 옹색해보일 수도 있었으리라. 특히 소란스럽고 까다로운 두 아이가 있었으니 더욱 그랬을 것이다. 하지만 나는 마치 고치 안에 들어가 있는 것처럼, 희미하게나마 따스하고 안락했던 기억을 간직하고 있다. 그 고치 안에서 우리는 안전하게 자랄 수 있었다. 밖의 공기는 음산하고 축축하고 추웠지만, 집안 분위기는 활력이 넘치고 따뜻했다. 두꺼운 덧문을 닫아도 전깃불 덕분에 하나도 어둡지 않았고, 아무도 밖으로 나가지 않고 칩거했기에 시끄러운 소리도 나지 않았다. 우리 집 위층이나 아래층에는 아무도 살지 않았다. 창고는 항상 어두컴컴했다. 창고에 가면 귀신처럼 생긴 감자 자루와 종이 상자와 궤짝들을 볼 수 있었다. 창고에서는 땅 냄새, 곰팡이 냄새, 그리고 산골 마을의 길 어디에서나 맡을 수 있는 차가운 연기의 모호한 냄새가 났다.

감미로움, 나는 그것을 특히 할머니의 치마, 뜨개질한 옷, 머플러에서 느꼈다. 낮에 어머니는 1930년대에 운동을 좋아하는 사람들이 즐겨 입던 것처럼 짧은 치마를 입었고, 여름에는 반소매 셔츠를, 겨울에는 면 외투를 입었다. 우리는 할머니와 어머니 사이를 왔다 갔다 했다. 그들에게서 바깥의 냄새를, 풀 냄새와 가시덤불 냄새와 낙엽의 향기를, 무엇보다도 밖에서 그들이 겪었던 모험의 향기를 맡기 위해서였다.

로크비에르에서 보낸 전쟁 시기를 생각하면, 나는 어머니 자궁의 이미지에 빠져든다. 2층의 거처, 잿빛 돌로 지은 작은 집, 주변 경관, 안개 낀 산, 그리고 무성한 잡초가 우거진 베쥐비 계곡, 이 모든 것은 탄생 이전 상태에서 어머니 자궁 속에 계속 머물러 살았던 것 같은 느낌을 준다. 피가 보급되고 양수가 소용돌이치는 것을 느낄 수 있는, 좁고 따뜻하며 닫힌 세계, 아직 떠나고 싶지 않은 곳, 평화와 안전이 보장되는 마지막 순간을 음미할 수 있는 그 세계에서 말이다. 참 이상하다. 왜냐하면, 사실 그 세계는 양수가 담긴 그 주머니는 거칠고 냉혹한 외부로부터 진정으로 나를 보호하지 않기 때문이다. 그러니까 나를 퇴행하게 만드는 그 기억은 틀린 것이다. 조금 전 내가 말한 전쟁터에 있는 요즘의 아이들, 즉 겨우 걸을 수 있고 어른들의 언어를 배워 그저 몇 마디를 따라 할 수 있는 남자 아이들과 여자 아이들, 그 아이들도 마찬가지일까? 천막이나 빈민촌의 판잣집 같은 허술한 임시거처에서, 폭탄과 미사일이라는 독에 대한 해독제가 될 수 있는 가짜 기억을 꾸며낼 수 있을 그곳에서, 그 아이들은 누에고치를 만들까? 몇 년 후 그 아이들이 소총과 기관총과 큰 칼을 들고 학살에 동참할 수 있었다는 사실을 어떻게 달리 설명할 수 있을까? 그들은 절대 두려움을 언급하지 않는다는 것을 어떻게 설명할까? 죽음을 두려워하지 않으며, 자기보다 더 무거운 무기를 들고 공격하면서, 아무 망설임 없이 다른 아이, 자기 엄마와 닮은 여인, 삼촌과 할아버지의 얼굴을 한 노인들을 향해 그 무기를 사용한다는 사실을 어떻게 설명할 수 있을까?

전쟁 중인 나라에서는 아이들이 밖으로 나가지 않는다. 집안에서, 가족들이 모이는 유일한 공간인 거실에서 긴 하루를 보낸다. 할아버지는 창가에 앉아 책을 읽고, 어머니와 할머니는 음식을 만들거나 해진 옷을 깁는다. 형과 나는, 이 세상 모든 아이가 그러하듯, 무엇이든 앞에 보이는 것을 가지고 나름대로 잘 논다. 하루에 한 번씩, 우리는 장 보러 가는 할머니를 따라 다리 건너의 옛 시가지로 내려간다. 베쥐비가에는 차가 하나도 없다. 그래서 우리는 길 한가운데로 걸어간다. 유모차는 더 이상 아이들을 태우지 않는다. 그것은 이제 야채와 감자와 땔감을 싣는 손수레가 되었다. 하나밖에 없는 푸줏간 앞에서 할머니는 줄을 선다. 송아지 뼈나 허드레 고기 등 스튜에 넣을 고기 한 조각을 사기 위해서다. 할머니는 옛날 사람이다. 옛날에는 무나 돼지감자와 함께 하루 종일 끓여야 하는 사골이나 사태, 소꼬리, 소 혓바닥 등 저렴한 고기를 요리했다. 지금의 시각에서 보면 비참해 보이지만, 할머니는 그 요리밖에 몰랐다. 전쟁이 일어났어도 할머니의 평상시 습관은 별로 달라지지 않았다. 하지만 아이들은 훨씬 더 힘들었다. 아이들에게는 우유와 밀가루와 설탕이 필요했다. 특히 소금은 꼭 필요했다. 전쟁이 끝나면 나는 사탕이나 초콜릿을 향해 뛰어가는 대신 굵은 소금이 담긴 병을 향해 달려가서, 그 안에 든 소금을 한 움큼 집어먹을 터였다. 나는 아직도 내 입안에서 그 소금의 열기를, 짜릿한 그 맛을, 그 충만함을 느낄 수 있다. 그것은 바다의 맛이다.

푸줏간에서 나는 할머니 옆에 서 있다. 피 냄새와 고기의 역겹고 차가운 냄새가 난다. 파리들이 날아다닌다. 나는 세 살이었다. 눈이 할머니 다리를 보기에 딱 좋은 키였다. 할머니 오른쪽 다리 정강이뼈 근처에는 흉한 상처가 하나 있었다. 오랫동안 나는 그것이 한머니가 스튜에 넣을 풀을 꺾으러 산에 갔다가 오솔길에서 넘어지면서 바위에 부딪혀서 난 상처인데, 치료를 잘못해서 생긴 자국이라고 생각했다. 그 상처에 파리들이 앉아도 할머니는 아무것도 느끼지 못했다. 나는 그 상처를 세심히 관찰했다. 내 얼굴은 할머니 다리에서 겨우 10센티미터 정도에 있었기에 파리들이 그 상처 위를 돌아다니는 것을 볼 수 있었다. 그때 나는 무엇을 생각했을까? 세 살밖에 안 되었을지라도 아이들은 분명 무엇인가를 생각한다. 하지만 무엇을? 나는 쳐다보고 있다. 거부감도 두려움도 슬픔도 없다. 그 상처는 그저 하나의 사실이다. 그리고 그것은 할머니에 대한 내 사랑도, 할머니에 대한 내 기억도 앗아가지 않는다. 할머니가 느끼는 삶의 기쁨에 대한 기억, 우리에게 옛날이야기를 해주고, 내게 입맞춤해주고, 팔로 나를 안아주고, 나를 재우기 위해 노래를 불러주던 할머니에 대한 기억들은 내게 그대로 남아 있다. 그 상처는 할머니의 일부다. 할머니가 푸줏간에서 산 소고기나 양고기를 내가 먹듯이, 파리들은 할머니 다리를 갉아먹는다.

파리들은 전쟁의 위대한 승리자다. 상처가 곪을까 봐 파리를 겁냈기 때문인지는 몰라도, 할머니는 파리가 들끓는 것이 점령군들 탓이라고 했다. 할머니 말에 따르면 전쟁 전에는 파리가 그렇게까지 많지는 않았다고 한다. 독일군과 함께 파리들이 몰려왔다는 것이다. 그것은 우연이 아니며 프랑스 사람의 정신을 혼란스럽게 하기 위한 적의 계획이었다. 나는 할머니가 진짜로 독일이 유럽 전역에 수천, 수백만의 파리를 유포해 무기로 사용하기 위해 파리를 키웠다고 생각했는지는 알 수 없다. 하지만 로크비에르에 파리가 유난히 많았던 것은 사실이다. 매일 아침, 할아버지는 파리 잡기에 몰두했다. 신문을 네모지게 접어 파리채를 만든 후, 파리를 잡기 위해 그것을 들고 벽과 창유리와 방수포로 만든 테이블보를 치면서 식당을 돌아다녔다. 할아버지는 성공하지 못했다. 파리는 물리칠 수 없는 무적의 존재였다.

식료품을 구하기 위한 아침 외출은 아이들에게 유일한 심심풀이였다. 구시가지로 가는 길은 큰 커브가 있는 내리막길이었다. 지금 생각해보니, 매우 멀고도 긴 길이었던 것 같다. 길가에 있는 돌멩이 하나하나도, 강가의 풀밭도, 산비탈도 눈에 선하다. 왼쪽에는 벨베데르의 높은 언덕이 있었다. 나는 왜 그 이름을 기억하고 있을까? 어느 날 아침, 형은 언덕과 그 언덕에 있는 집들이 다 무너질 거라고 예고했다. 그런 꿈을 꾸었다는 것이다. 그리고 실제 그 일이 일어났다. 지진이 벨베데르를 덮쳤다. 그때부터 나는 그 이야기에 관심을 가졌고, 그것은 사실인 것처럼 내 기억 속에 새겨졌다. 우리 형은 꿈을 꾸었고, 형의 꿈은 그대로 실현되었다. 이 이야기는 지금도 여전히 현기증처럼 나를 혼란스럽게 한다. 그 생각을 하면 나는 부르르 떨린다. 왜냐하면, 사람들이 제때 형 이야기를 들었더라면 많은 사람의 생명을 구하고 파괴를 막았을 테니 말이다. 그곳으로 달려가서 "도망쳐요! 어서 떠나세요. 다 무너질 겁니다!"라고 소리지르기만 해도 되었을 것이다. 하지만 아무도 꿈에 신경 쓰지 않았다. 아무도 형의 말을 듣지 않았다.

지금은 그 이야기가 사실이 아님을 안다. 벨베데르를 강타한 지진은 전쟁 전에, 내가 태어나기 한참 전에 발생했다. 그런 꿈을 꾼 건 형이 아니라 나였을까? 그렇다면 언제? 전쟁 중 아이들은 실제

일어난 일에 대해 아무것도 모른다. 아이들은 어른들이 하는 말을 듣고 자기들의 이야기를 만든다.

우리는 길을 따라 다리까지 내려간다. 다리에 이르기 전, 굽은 강 안쪽에는 키 큰 풀들로 덮인 넓은 들판이 있다. 그곳은 매력적이면서도 두려움을 주는 마법의 장소다. 그곳에는 독사들이 있다. 날씨가 좋을 때면 우리는 그곳에서 위험을 무릅쓰고 모험을 즐긴다. 할머니와 어머니는 뱀들을 쫓기 위해 막대기로 땅을 두드린다. 겨울에는 물이 불어나 걸을 수 있는 데가 없다. 그래서 감히 그곳으로 내려가지 못한 채 우리는 독사들이 득실거리는 들판을 바라본다.

다리를 지나면 교회 탑이 보인다. 그 탑은 왜 내게 그리도 중요할까? 아마도 내가 본 첫 교회 탑이기 때문일 것이다. 니스에서 우리는 한 번도 교회에 가지 않았다. 우선 멀리 있고, 위험했다. 점령군(처음에는 이탈리아군 그다음에는 독일군)들은 폭격을 피하고자 항구에 있는 교회를 위장했다. 교회의 열주들 사이에, 그리고 교회 종의 양측에 알록달록한 덮개를 씌워 놓았던 것이다. 항구는 장애물들로 혼잡했고 가시철망으로 막혀 있었다. 항구 주변 건물들의 벽은 초록색, 노란색, 카키색 등 갖가지 색으로 칠해져 있었다. 전쟁이 끝난 후. 처음으로 항구에 있는 교회 쪽으로 내려갔을 때 나는 그런 모습을 보았다.

로크비에르에서는 교회 탑이 지붕들을 굽어보고 있었다. 우리가 구시가지로 내려갈 때면 그 탑은 모습을 드러냈다. 내가 그 탑을 좋아했던가? 좋아했다고 말할 수 있을지는 모르겠지만, 그 모습에 익숙해진 나는 그것이 마치 친한 사람의 얼굴처럼 느껴졌다. 옆쪽에는 벽시계의 문자판이 있었다. 그때까지 나는 한 번도 그런 것을 본 적이 없었다. 숫자가 쓰여 있고 바늘이 달린, 달 표면처럼 동그란 문자판이었다.

나는 시계를 볼 줄 몰랐다. 사실 나는 열 살, 혹은 열한 살이 될 때까지도 시계를 볼 줄 몰랐다. 컵스카우트 시절에, 시간을 맞추면 상으로 리본을 줬었다. 그런데 나는 시간을 맞출 수 없었다. 아마도 항상 똑같은 시간을 가리키던 로크비에르 교회 탑의 벽시계가 내 뇌의 기능을 마비시켰을 것이다. 그 시계는 아마 전쟁 때문에 멈춰 섰을 것이다. 전쟁이 벽시계를 멈추게 할 수 있을까? 아니, 어쩌면 교회지기가 잡혀가서, 탑으로 올라가 시계의 태엽을 감아줄 사람이 아무도 없었기 때문인지도 모른다.

전쟁, 그것은 회색이다.

니스, 코트다쥐르, 이런 곳은 여행객과 예술가와 화가들을 즐겁게 한다. 마티스는 팔레트에서 환희를 나타내는 온갖 색채를 가지고 놀면서 푸른 바다와 야자수와 꽃과 여인들을 그렸다. 아마도 팔레 빅토리아[3]의 자기 방 창문으로 보이는 것, 혹은 상상하는 것들을 그렸을 것이다.

그러나 내게는 그런 기억이 없다. 우리는 카르고대로에 있는 이

---

3 19세기 말 영국의 빅토리아 여왕을 위해 지은 저택으로 제1차 세계대전 당시에는 군인병원으로 사용되었다. 1920년 레지나 호텔이 되었으나 1929년의 경제공황 여파로 1934년 파산한 후 고급 아파트로 분할매각되었다. 1938년 마티스는 4층의 아파트 두 채를 매입하여 1943년까지 아틀리에로 사용했다.

달리 빌라를 떠났다. 떠나기 얼마 전부터 우리는 경보 사이렌 소리에 귀를 기울이고 폭탄이 터질까 봐 두려워하면서 지하 창고에 숨어있었다. 그러다가 1943년 초봄, 로크비에르에 도착했다. 날씨는 아직 추웠다. 그 시기에 대해 내가 기억하는 것은 오로지 회색뿐이다. 우리 집 마당에서 할머니 자동차 바퀴 테에 달린 타이어를 열심히 빼내던 독일군들의 짧은 외투도 회색이었다. 우리가 트럭을 타고 산으로 출발하던 날 새벽의 하늘처럼 회색이었다. 니스 안쪽에 있는 계곡처럼 회색이었다. 그것은 절벽의 단단한 바위 색이고 마을에 있는 집들의 노출된 돌멩이 색이며 우리가 앞으로 살 집의 지하에 있는 탁한 공기의 색이었다.

나는 그곳에서 생애 첫 여름을 경험했다. 니스나 브르타뉴에는 여러 계절이 존재한다. 좋은 계절도 있고 나쁜 계절도 있다. 옛날 사진에서 나는 니스의 정원이나 브르타뉴 생트마린의 골목길에 있는 유모차를 본다. 바퀴 테와 작은 바퀴가 달린 일종의 미니 전차였다. 내 기억 속에 존재하지 않는, 내가 모르는 시간이다. 엄마와 형과 할아버지와 함께 할머니의 낡은 자동차를 타고 점령당한 프랑스를 북에서 남으로 가로질러 도주하면서 독일 점령지와 자유프랑스 사이의 경계선을 넘어갔던 기억은 다른 기억을 모두 다 지워버렸다. 그것은 내가 세상의 이치를 이해하기 전, 다른 세상에서 벌어진 일이다. 1943년 7월과 8월에, 여름은 일생 처음으로 내 앞에 모습을 드러냈다.

내가 그것을 기억한다고 말할 수 있을지 모르겠다. 그 이후 나는 너무 많은 이미지, 사진, 뉴스 영화와 극영화를 보고, 너무 많은 이야기를 듣고, 소설과 역사책과 이야기책을 읽었다. 기억이란 너무도 허술하게 짜인 직물 같아서 찢어지고 오염되기 쉽다. 나는 추억에 의존한 책을 경계한다. 그런 책들은 종종 모호하고 모순된 것들이 뒤섞인 일종의 원시 수프, 즉 지구상에 생명을 발생시킨 유기물의 혼합 용액이 되어버린다. 그 수프 안에서는 진실과 거짓, 관대한 것들과 교훈적인 것들이 너무 익어버려서, 결국 생기도 맛도 사라진 젤리가 되어버린다.

나의 첫 여름을 기억한다고 말할 수 없다. 단지 내 마음 깊은 곳에 하나의 섬광이, 하나의 불꽃이 있었다는 것만 알 뿐이다. 계곡 깊은 곳을 비추는 햇빛, 곡식이 익은 들판, 강물, 바위, 구름 한 점 없는 하늘이 있었다는 것을.

그때 나는 세 살이었다. 그 나이에 아이들은 느끼는 것에 대해 말로 표현할 수 있을까? 말로는 표현하지 못할 것이다. 단지 이렇게는 말할 수 있을 것이다. "처음이다." 전쟁의 침울함과 폭격당한 건물 지하의 냉기 도는 어두움 속에서, 세 살이 되던 해의 생일날 갑자기 틈이 보였다. 그 틈 사이로 빛, 자유, 열기, 강물, 풀향기를 느꼈다. 전쟁이 없었더라면, 허기를 느껴보지 않았더라면, 사랑과 열기를 갈망해보지 않았더라면, 그 여름은 존재하지 않았을 것이다. 그 여름은 다른 계절들과도, 그 이후의 여름들과도, 폭풍우가 몰아치고 태양이 작열하며 떠들썩한 밤을 보내던 아프리카에서의 삶과도, 샛길에서의 자유와 황야와 망망대해와 함께 하던 브르타뉴에서의 여름과도 뒤섞였을 것이다.

사진 속에 형과 나의 모습이 보인다. 추수기였다 1943년 7월이다. 우리는 한 농부와 함께 밀밭에 있다. 우리는 우리보다 키가 큰 곡식 다발을 들고 있다. 우리 뒤로 멀리 로크비에르의 집들과 강으로 향하는 경사면, 그리고 나무들이 보인다. 아주 평범한, 무척이나 가난한 농가의 풍경이다. 밀밭의 크기는 그저 몇몇 가족을 먹여 살릴 정도인 1헥타르도 채 안 될 터였다. 농부는 마흔 살 정도 되는 남자였다. 짧은 소매의 셔츠를 입고, 검은 베레모를 쓰고 있다. 그는 웃고 있다. 다른 대부분의 프랑스 남자들과 달리 그는 왜 감옥에 가지 않았을까? 로크비에르는 이탈리아군이 통치하던 구역에 속해 있었고, 독일인들은 아직 도착하지 않았다. 깊은 계곡에서는 전쟁으로 단절된 것이 별로 없었다. 손에 무기를 들었던 사람 중 체포되지 않은 사람들은 자기 집으로 돌아가 하던 일을 계속할 뿐이었다.

물론 나는 그런 것에 대해 아무것도 모른다. 하지만 어린 두 소년에게 그 순간은 분명 마법처럼 경이로웠을 것이다. 그것은 자유의 순간이었다. 폭력도 폭탄도 사이렌 소리도 없었다. 태양열로 뜨거워진 그 계곡, 손가락에 찰과상을 입히곤 하던 밀의 긴 줄기, 지푸라기 냄새, 낟알로 풍성해진 곡식 다발, 샌들 밑으로 느껴지는 마른 땅, 그런 것들만 존재했다. 밀의 줄기는 우리 다리에 상처를 냈지만 우리는 두 손 가득히 꽉 붙잡은 곡식 다발을 농부에게 가져다주었고, 농부는 그 곡식 다발을 끈으로 묶어 들판에 세워놓았다.

마법처럼 경이로운 것은 시간을 초월한다. 전쟁 때문에 현대문명은 더 이상 존재하지 않았다. 기계도 수확한 곡식 다발을 묶는 결속기도 탈곡기도 없었다. 손으로 풀을 베고, 곡식 다발을 세우고, 그 곡식 다발을 노새가 끄는 수레에 담아 농가의 마당으로 나른 후, 곳간에 넣어 저장했다. 옛날 방식 그대로였다. 마치 신석기 시대 이

후 세상이 하나도 변하지 않은 것처럼. 마치 인류가 아무것도 발명하지 않은 것처럼. 마치 전쟁이 시간을 멈추게 함으로써 과거로 돌아간 것처럼.

그때는 그것을 몰랐지만, 당시 나는 농경 문화의 마지막 시기를 경험하고 있었다. 나중에 브르타뉴에서의 추수를 볼 기회가 있을 것이다. 하지만 로크비에르에서 경험했던 추수는 결코 다시 보지 못할 것이다. 뜨거운 태양 아래서 지푸라기 냄새를 맡으면서, 곡식 줄기와 접촉하고 이삭을 주우면서, 낫으로 밀을 수확하는 남자들 옆에서 나보다 키가 큰 곡식 앞에 서 있던, 잊힌 계곡에서의 그 축제를 나는 다시 보지 못할 것이다.

농부들이 수레를 타고 떠난 후 우리는 할머니와 함께 땅에 떨어진 이삭을 주웠다. 우리는 자루에 이삭을 주워 담았다. 그리고는 이삭을 갈아 밀가루를 만들기 위해 집으로 가져와서 할머니의 커피 빻는 기구에 돌렸다.

이삭줍기, 그것은 인류가 아주 오래전부터 해오던 행위다. 그것은 우리의 배가 고프다는 것을, 밀가루가 필요하다는 것을 의미한다. 로크비에르의 농부들은 그것을 금하지 않았다. 훗날 오랜 시간이 지난 후, 나는 중국에서 소설가 모옌과 대화를 나눴다. 그는 기근이 심했을 당시 산둥성 가오미 지방에서 수수 이삭을 줍던 이야기를 했다. 하지만 그의 어머니는 추수 감독관에게 체포되었고, 고약한 그 감독관은 어머니의 따귀를 때렸다. 그의 어머니는 넘어졌고 입에서는 피가 났다. 모옌도 허기를 경험했다. 무엇보다도 그는 어머니를 때렸던 그 남자를 자신이 얼마나 증오했는지를 절대 잊지 않았다.

허기에 대해 말하는 사람은 대부분 육체적 허기를 경험한 사람이다.

나는, 나는 몸 안에서 느껴지는 정신적 허기를 경험했다.

허기진다는 것은 단순히 학교가 끝나고 집에 돌아오기 전에 느끼는 감미로운 배고픔이 아니다. 차려진 식탁 앞에서, 모락모락 연기 나는 접시 앞에서, 혹은 갖가지 색의 과자로 가득한 콘솔 테이블 앞에서 느끼는 침 돌게 하는 식욕이 아니다. 그것은 한참을 걸은 후, 혹은 파나마와 콜롬비아의 국경지대에 있는 팔로 데 라스 레트라스까지 강 상류의 숲을 지나면서 육체적으로 피로를 느낄 때의 절박함도 아니다. 나는 그런 종류의 배고픔도 경험했다. 하지만 그것은 허기가 아니다. 그것은 그저 음식을 먹기 시작하면 곧바로 충족되는 욕구이고 갈망이다.

내가 말하는 허기, 나는 그것을 어린 시절 전쟁 중에 경험했다. 허기밖에 기억나지 않는다. 그냥 속이 빈 것이 아니라 내 몸 한가운데가 뻥 뚫린 것처럼, 언제나, 매 순간 느끼는, 그 무엇으로도 채울 수 없고 그 무엇으로도 충족시킬 수 없는 공허함이다. 낮에도, 밤에도, 밖에서도, 안에서도, 침대에서도, 부엌에서도, 자면서도, 걸으면서도 느끼는 허기다. 어른들도 그 허기를 느꼈을 것이다. 어떤 면에서는 나보다 어른들이 더 불평할 만하다. 할머니는 당근이나 무나 감자 등의 야채 과육은 우리에게 먹이고 당신은 그 껍데기만 드셨다. 우유는 없는 날이 많았다. 어머니가 구해온 우유나 치즈는 어른이 아닌 아이들 몫이었다. 하지만 어른들은 단련되고 익숙해졌다. 옛날에, 어린 시절에 빈곤을 경험하고 극복해보았기 때문이 아니다. 그보다 어른들에게는 에너지원으로 체내에 저장된 물질이 있기 때문이다. 게다가 어린 시절에 배불리 먹고 자란 아이들은 커서도 진짜 배고픔이 무엇인지 잘 모른다. 체내에 저장된 물질은 기억보다 낫다. 그것은 세포 안에, 머릿속에 있다. 그들의 상상 속에도 있다. 어른들은 그것에 대해 말할 수 있다. 그들은 과거의 연회를 기억할 수 있고 그런 연회가 또 있기를 기대할 수 있다. 그들은 이렇게 말할 수 있다. "이 모든 것이 끝나면…." 그들은 언젠가는 그것이 끝날 거라고 생각한다. 제1차 세계대전이 끝난 1918년에도, 그리고 그보다 훨씬 전에 프로이센군에게 파리가 점령당했던 1870년에도, 그래서 무식한 사람들이 동물원의 동물을 다 잡아먹었을 때도 결국 전쟁은 끝나지 않았던가.

다섯 살이 안 된 아이들은 아무것도 기억하지 못한다. 어떻게 기억할 수 있겠는가? 그들은 전쟁 중에, 폭력 속에서 태어났다.

나는 공허한 상태에 대해 말한다. 그것은 육체적인 것이 아니다. 그것은 지속적인 결핍, 뻥 뚫린 구멍, 하나의 공간이다. 나는 이것이든 저것이든 무엇인가를 원했던 기억이 없다. 우리에게는 선택의 여지가 없었다. 우리는 무엇이든 풍부하게 가져본 적이 없다. 그뿐이다. 우리에게는 단백질도 설탕도 소금도 지방도 부족했다. 특히 지방이 부족했다. 전쟁이 끝난 후, 여전히 배급제였지만 그래도 식료품이 도착하기 시작했을 때 나는 간유를 마음껏 들이마셨던 기억이 난다. 소금 덩어리를 혀로 핥아먹던 기억도, 생선 뼈를 와작와작 씹어먹던 기억도 난다. 빵에 대한 기억도 있다. 나는 세 살 때 이질에 걸릴 뻔했다. 니스에서 산 빵이 이물질 섞인 불량식품이었기 때문이다. 아마도 밀가루에 톱밥을 섞었던 것 같다. 희색빛이 시큰한 빵이었을 것이다. 그 빵에 대한 기억은 하나도 없다. 하지만 독일군이 물러나고 해방이 되어 미국군과 캐나다군과 영국군이 코트다쥐르로 몰려왔을 때 우리는 흰 빵을 배급받았다(각 가정은 배급표와 빵을 교환했다). 빵 색이 너무 하얬기에 나는 쌀로 만든 빵인가 보다고 생각했다. 그 맛을 절대 잊을 수 없다. 부드럽고, 감미롭고, 입에서 살살 녹는 향기로운 그 맛을. 우리는 작은 열쇠로 여는 타원형 파테(고기파이) 통조림도 배급받았다. 아마도 적십자 본부가 나누어주었을 것이다. 그 안에는 부드럽고 좋은 냄새가 나는 분홍색 살코기가 들어있었다. 할머니는 아껴가면서 고기를 자른 후 그것을 그 대단한 흰 빵 조각 위에 얇게 발라주었다. 한참의 세월이 지난 후 그것을 기억하면서, 잘게 다진 그 고기가 혓바닥에 닿았을 때의 부르르 떨리는 느낌까지 떠올리려면 배가 고파봤어야 한다. 여러 해 동안 배가 아주 많이 고파봤어야 한다. 그 후, 멕시코의 가난한 지역을 여행할 때, 나는 마을 식료품점에서 그것과 똑같이 생긴 타원형 통조림을 보았다. 연유 통조림과 공장에서 만든 빵 봉지 옆에 있었다. 이름이 바뀌었다. 이제 그 통조림 이름은 '악마의 고기'였다. 우리의 생명을 구해준 파테가 왜 지금은 악마라는 이름을 가지게 되었을까?

허기, 그것은 우리 몸 한가운데의 텅 빈 공간을 절대 채울 수 없을 거라는 느낌이다. 시간은 많이 흘렀고, 그동안 나는 다른 세계에서 자랐다. 우선 아무것도 부족하지 않았던 곳, 음식도 충분하고 자유도 충만했던 아프리카에서 살았다. 그 후, 니스나 브르타뉴에서도 우리는 배급제 시절과는 거리가 먼 시기를 살았다. 금지도 배급도 없었고, 욕망이 방해받지도 않았다. 하지만 나보다 몇 살 어린 사람, 전쟁 이후에 태어난 사람, 혹은 프랑스의 농촌이나 파리에서 자란 사람들과 함께 나의 유년기 시절을 이야기할 때면, 나는 그들과 공유할 수 있는 추억이 없다. 그들은 허기를 경험하지 못했다. 아니 그 반대다. 어떤 이들은 그 시기 동안 고기를 너무 많이 먹어 구역질이 날 정도였다고 말하기까지 했다. 버터도, 고기도, 과자도, 너무 많았다는 것이다. 독일군 점령하에서도 프랑스는 전력을 다해 연회를 위해 공장 기계를 돌리고 있었다는 말이 된다. 어쩌면 대부분의 남자들이 포로수용소에 갇혀 있었기에, 아이들은 마음껏 음식의 호사를 누릴 수 있었는지도 모른다. 불운은 니스 같은 도시, 소위 말하는 '자유분방한' 지역, 아니면 카지노, 가장무도회, 코티용 춤 외에는 아무것도 생산하지 못하는 칸이나 망통 같은 아름다운 대도시를 악착같이 따라다녔다. 먹고살기 위해 어머니는 자전거를 타고 바르평야까지 가야 했다. 들판에 버려진 근대나 썩은 감자, 순무 등을 줍기 위해서였다. 지금은 그 오랜 농가들이 있던 자리에 슈퍼마켓이나 행정부 건물들이 들어섰다. 전쟁이 끝난 후 몇 년 동안 노인들은 우리가 할머니와 함께 밀이삭을 주웠던 것처럼 땅에 떨어진 감자를 줍기 위해 파이옹 강변에 있는 시장으로 가곤 했다. 나는 그 노인들이 지팡이 끝으로 몰래 배추와 썩은 당근을 슬쩍한 후, 수치심을 느끼면서 장바구니에 집어넣는 것을 보았다. 그 노인들은 그야말로 배가 고파 죽을 지경이었지만, 그들을 도와주는 사람은 아무도 없었다. 나는 그 모든 것을 절대 잊을 수 없다. 전쟁이 내 뱃속과 머릿속에 파놓은 텅 빈 공간, 그것은 나라는 존재의 일부다.

나는 같은 시기에 여름과 죽음에 대해 알게 되었던 것 같다.

1943년 여름은 무척 더웠음이 분명하다. 기온이 얼마였는지는 기억나지 않지만, 어머니와 형과 내가 베쥐비강으로 물놀이 갔던 것은 기억한다. 1000미터에 못 미치는 중간 산에 있는 로크비에르나 랑토스크나 생마르탱에서 만날 수 있는, 눈이 부시게 빛나는 여름이었다. 좁은 계곡은 햇빛을 마음껏 받아들이는 활짝 열린 마을을 형성했고, 주위의 높은 산들은 바람을 막아주었다. 한군데로 모인 햇빛은 아침부터 저녁까지 하루 종일 환하게 빛났다. 공기 중에는 바람 한 점 없고 모두가 열기에 지쳐 있었다. 아침이면 우리는 길을 따라 강변까지 걸어갔다. 조금 내려가 다리 앞에 이르면 독사들의 들판이 펼쳐졌다. 물가에서 우리는 말벌에 둘러싸였다. 숯불에 덴 것처럼 따끔하게 피부를 똑 쏘는 벌처럼 생긴 등에도 있었다. 그곳은 말하자면 마을의 상류다. 강물은 커다란 바위들 사이로 폭포처럼 요란스럽게 떨어졌다. 어머니는 그 장소를 선택했다. 빨래하는 여인들이 사용하는 강가에서 먼 그곳의 물이 가장 깨끗할 것이기 때문이다. 어머니는 야생 상태의 대자연을 전혀 두려워하지 않았다. 우리가 태어나기 전, 어머니는 아버지와 함께 말을 타고 카메룬 서쪽의 산들을 횡단했고, 강에서 헤엄을 쳤다. 그때 느꼈던 자유와 모험의 감동, 어머니가 너무도 좋아했던 그 감동을 어머니는 분명 베쥐비계곡에서 다시 발견했을 것이다. 그 시절에 관한 무엇인가가 우리에게 남아 있나? 바위들 가운데에 벌거벗은 두 아이가 있다. 회오리바람은 아이들에게 물을 튀기고, 아이들은 뜨거운 태양 밑에서 차가운 물을 맞으면서 웃고 있으며, 곤충에 대한 두려움도 없이 강아지들처럼 물속에서 절벅거리고 있었다. 너무 어려서 말로는 표현하지 못했겠지만, 내 몸은 물과 태양과 차가운 물을 맞으며 몸서리쳤던 것을 기억한다. 훗날 어른이 되어 파나마 다리엔주에 있는 강을 여행하면서 내가 되찾고 싶었던 것은 바로 이런 것들, 그러니까 물의 흐름을 따라 흐르는 자유의 느낌, 차가운 물, 태양, 곤충, 그리고 모래 속에 파묻힌 작은 물고기들의 수많은 물어뜯긴 자국 같은 것들이었을까? 베쥐비계곡에 물고기는 없고, 늪에는 거머리들이, 강둑에는 독사들만이 있을 뿐이지만.

이제 마리오에 대한 기억이 떠오른다. 나는 《허기의 간주곡》에서 마리오에 관해 이야기한 적이 있다. 그때 나는 마리오를 빼고는 전쟁을 상상할 수 없을 것 같았다. 그는 나의 영웅이다. 독일군 점령 당시 내가 알았던 유일한 항독 운동가, 책에서 보는 역사적 인물과는 다른 유일한 항독 운동가다. 그것은 정말 추억일까? 어떻게 그저 추억 속의 이름을 기억하듯 그의 이름을 기억할 수 있을까? 마리오는, 할머니 집의 이탈리아 요리사였던 마리아가 그렇듯이, 내 유년기의 일부였다. 마리아는 독일군이 들어오고 우리가 산으로 피난 갈 때 니스를 떠났다. 마리아에 대해서는 그녀가 집에 남아 있는 재료로 만들어줬던 뇨끼의 맛만 기억난다. 밀가루가 없었으니 아마도 돼지감자와 감자를 섞어 반죽했을 것이다. 마리아가 티치노로 떠났을 때, 형과 나는 많이 울었다. 마리아를 정말 좋아했기 때문이다.

그런데 마리오에 대해서는 어떤 기억을 간직하고 있을까? 강가에서 우리와 함께 놀았으니까, 마리오는 그 당시 열다섯 살 정도 되었던 것이다. 우리처럼 마리오는 수영을 하고, 우리에게 물을 뿌리고, 웃으면서 우리를 들어 올리기도 했다. 독사의 들판이라는 이름을 기억하는 것도 마리오 덕분이다. 그는 그 들판에 대해 말하곤 했다. 독사들이 숨어있는 후미진 구석과 햇볕에 뜨겁게 달구어진 물가의 평평한 돌멩이들을 보여주기도 했다. 그가 독사들을 죽였던가? 아니, 그저 우리가 보라고 올가미를 씌워, 급할 것 없이 천천히 기어가는 그 뱀들을 쫓아버리기만 했던 것 같다(진짜 독사는 천천히 미끄러지듯 기어간다). 아마도 서로 뒤엉킨 채 사랑을 나누고 있는 커플까지도 쫓아버렸던 것 같다. 내가 지금 말한 것 중 그 어떤 것도 사실이 아닐 수 있다. 하지만 마리오의 머리칼이 붉은색이었다는 것만은 확실히 기억한다. 그가 운반하던 폭탄과 함께 폭파되어 죽었을 때, 사람들은 끔찍하고 기가 막힌 이 말만 계속 반복했다. "그 아이에게서 발견된 건 한 움큼의 붉은 머리칼뿐이었어요." 누가 그 말을 했을까? 분명 마리오를 좋아했던 우리 엄마는 아니다. 누군가 우리가 숨어있던 집으로 그 소식을 알리러 왔다. 누군가 계단을 올라와 문을 두드리고는 그 말을 했다. 오로지 그 말만 했다. "마리오가 죽었어요. 그 아이에게서 발견된 건 한 움큼의 붉은 머리칼뿐이었어요."

마리오는 누구였을까? 이탈리아인이던 그는 점령당한 영토에서 무엇을 했을까? 나는 그 질문에 대한 답을 모른다. 그는 책이나 기념비에 아무런 흔적도 남기지 않은, 대문자 역사의 주변인에 속한다. 소위 경계인이라 불리는 주변인 말이다. 전쟁 초기에, 아니 전쟁이 시작되기도 전에, 파시스트 당원들이 권력을 차지하자 높은 산에 있던 농부와 목동들은 모두 떠났다. 공산주의자들이었기 때문일까? 그보다는 단지 무솔리니 주변의 정치인들이 추구하는 것에 대해, 그들의 타락에 대해, 인종주의와 외국인 혐오주의에 기초한 운동의 잔혹성에 대해 혐오감을 느꼈기 때문일 것이다. 마리오는 자기 생각을 말할 수 있는 나이가 아니었다. 그 옛날 보나파르트군에 맞서 싸웠던 사람들처럼, 그는 숲속에 몸을 숨겼다. 피에몬테 지방에서 법의 보호를 받지 못했던 그는 가족과 친구들과 함께 높은 산에 있는 목동들의 길을 따라왔다. 1943년, 유대인들이 전진하는 독일군을 피해 산을 넘어 프네스트르 고개를 지나 산타나 디 발디에리까지 간 후 다시 스투라계곡으로 도피할 때 지나간 바로 그 길이다. 그리고 그로부터 50년 후, 티네강 상류와 베쥐비계곡 사람들이 받아들인 이주민들도 그와 똑같은 길을 지나갔다.

마리오는 폭탄을 나르다 죽었다. 그 폭탄을 어디에 설치하려고 했을까? 독일군의 전진을 늦추고자 구 시가지 입구에 있는 강 다리 위에 설치하려 했던 것일까? 두 명의 마리오가 있다. 우리와 함께 놀던, 아직 어린아이였던 마리오, 베쥐비계곡의 급류에서 헤엄치면서 우리와 함께 웃던 마리오, 독사굴을 보여주러 무성한 잡초들 사이로 우리를 데려가던 한 명의 마리오가 있다. 그런가 하면, 항독 운동을 했던 영웅이자 이른 새벽 폭탄을 나르다 나무뿌리에 걸려 넘어지면서 목숨을 잃을 만큼 히틀러와 무솔리니를 증오한 이탈리아 공산당이었던 또 한 명의 마리오가 있다.

내 마음을 아프게 하는 것은 아마도 이런 이야기일 것이다. 그것 역시 역사의 한 조각이다. 마리오의 이야기를 통해 전쟁은 아이들을 죽인다는 사실을 깨닫게 된다. 전쟁 중에 태어난 아이는 결코 아이가 될 수 없다는 것도.

그기 추구했던 목표가 무엇이었든, 무기를 나르는 아이는 더 이상 아이가 아니다. 그는 일생 중 다른 나이에 속하며, 난폭하고 가혹하며 냉혹한 다른 시간을 산다. 그것은 어른의 시간이다.

사람들은 종종 소년병을 이야기한다. 나이지리아 작가 켄 사로위와는 그의 소설《소자보이》에서 소년병을 묘사하면서 전쟁 중의 잘못된 영웅주의를 조롱한다. 어린아이였을 때, 나는 보이스카우트 창시자인 바덴 파웰의 이야기를 읽었다. 그것은 모든 보이스카우트 소년들의 필독서였다. 군대와 종교의 권력은 그 책을 높이 평가했다. 그것은 청소년들에게 귀감이 되는 책이었다. 남아프리카에서 일어난 보어 전쟁[4] 당시 반란군들이 무기를 운반하거나 정보를 퍼뜨리기 위해 어떻게 소년들을 모집했는지에 관한 이야기였다. 개나 연락용 비둘기를 훈련할 수도 있었을 터였다. 바덴 파웰은 스와힐리어로 '앰페자', 즉 '절대 잠들지 않는 늑대'라는 별명도 얻었던 것 같다. 인간의 가치가 늑대의 것과 대등하다고 믿었던 시절이었다. 그리하여 그들은 소년들이 스카우트로 시작하여 프랑스 외인부대원을 거쳐 결국 낙하산부대원이 되는 과정을 거치게 함으로써, 그 아이들에게 미래의 분쟁을 준비시켰다.

그러니까 내가 열일곱 살일 때, 프랑스는 무자비하게 알제리와 전쟁을 했다. 식민지 영토의 지배권을 유지하기 위해서였다. 나는 니스에서 고등학교를 다녔는데, 우리 반에는 그 전쟁에 뛰어든 아이가 하나 있었다. 그는 알제리 민족해방전선을 지지하면서 활동에 필요한 자금을 모으고, 그들의 소식을 전하고, 간첩 활동을 하기

---

4 19세기 말, 이집트에서 남아프리카까지 아프리카를 남북으로 연결하려는 종단 정책을 추진하던 영국과 당시 남아프리카 지역에 정착해 살던 네덜란드, 프랑스, 독일 출신의 보어족 사이에 일어난 전쟁.

도 했다. 나는 헌병의 아들이었던 그 아이를 똑똑히 기억한다. 그는 적과 내통하는 스파이에게 서류나 돈 가방을 넘겨주곤 했다. 나는 그 후 그가 어떻게 되었는지, 그 위험한 시기를 잘 넘기고 살아남았는지 모른다. 그런 이야기를 들을 때마다, 신문에서 그런 기사를 읽을 때마다, 소년병이 겪는 위험을 알게 될 때마다, 나는 마리오를, 잡초 가득한 들판의 구덩이 깊은 곳에 파묻힌 그의 붉은 머리칼을 생각했다. 산을 넘어 도피해야 했던 유대인 아이들을 생각했다.

전쟁 중에 태어났다는 것은 본인 의지와 상관없이 그 전쟁의 가깝고도 먼 증인이 되는 것이다. 무관심한 증인이 아니라 보통의 증인과는 다른, 마치 전쟁을 경험한 새나 나무 같은 증인이 되는 것이다. 그들은 그곳에 있었고, 그것을 몸소 겪었다. 하지만 그들이 경험한 전쟁은 나중에(너무 늦게서야?), 다른 사람들이 알려준 것을 통해서만 의미를 부여받는다.

로크비에르 마을에 있을 때 우리는 어린아이였다. 1943년 여름, 그곳에서 10킬로미터도 안 되는 생마르탱 드 란토스카의 마을 사람들은 끔찍한 일을 겪었다.[5] 우리 동네를 지나가던 강의 상류에 있던, 지금은 생마르탱 베쥐비로 이름이 바뀐 작은 마을이었다. 여자, 남자, 그리고 우리 또래의 아이들은 그 마을로 진격하는 독일군을

---

5   생마르탱 드 란토스카(생마르탱 베쥐비)는 니스를 수도로 하는 알프마리팀주에 속하는 작은 마을이다. 제2차 세계대전 당시 알프마리팀주는 이탈리아군에게 점령되었으며, 1943년 3월 이탈리아군의 배려로 독일군의 박해로부터 수천의 유대인을 보호하는 피난처가 되었다. 그러나 이탈리아군이 연합군에 항복을 선언한 후, 독일당국의 위협하에 1943년 9월 수천의 유대인은 이탈리아로 도피하기 위해 그곳을 떠났다. 르클레지오는 《떠도는 별》에서 이 에피소드를 언급한 바 있나.

피해 이탈리아로 가기 위해 산을 넘어 프네스트르 고개로 향했다. 그 일은 우리가 베쥐비강에서 마리오와 물놀이하던 바로 그해 여름에, 마리오가 폭탄에 의해 죽임을 당하기 불과 며칠 전, 몇 주 전에 일어났다. 강물과 잡초가 우거졌던 들판과 한여름의 열기가 생각난다. 그리고 내 머릿속에는 생마르탱의 유대인들이 떠오른다. 우리가 아무 생각 없이 천진난만하게 놀고 있을 때, 그들은 프네스트르의 급류가 흐르는 오솔길을 따라 걷기 시작했다. 그들은 여행 가방을 들고 유모차를 끌면서 자갈 덮인 길을 갔다. 그들은 뜨거운 햇볕을 피하려고 우산을 폈다. 그들은 휴식을 취하기 위해 걸음을 멈추고 낙엽송 그늘의 자갈밭에 앉았고, 노인과 임산부와 갓난아이들은 마른 풀밭에 담요를 깔고 누웠다. 하늘은 눈이 부시게 파랬고, 계곡 끝에 보이는 높은 젤라스산은 그들 앞에 병풍처럼 펼쳐졌다. 그들은 종일 걸었다. 그들 중 몇몇 젊은이들은 밤이 되기 전에 고개를 넘었지만, 다른 사람들은 걸음을 멈추고 마돈나 성당에서 밤을 보냈다. 높은 산에서는 종종 밤에 비가 내리니, 아마 그날 밤에도 비가 왔을 것이다. 그들은 임시 텐트를 쳤고, 성당 입구 혹은 대피소로 몸을 피했다.

사람들에게 인정받지 못했을지라도, 영광스러운 사건으로 기억되지 않았을지라도, 전 세계에 수많은 희생자를 낸 전쟁이 진행되는 과정에서 그저 한순간에 불과한 사건이었을지라도, 나는 그 이야기를 다시 꺼내지 않을 수 없다. 왜냐하면, 나는 그때 그곳에 있었기 때문이다. 같은 시간에, 같은 하늘 아래에, 같은 구름 아래에 있었음에도, 그저 몇 킬로미터 떨어져 있었기에 나는 그 비극을 겪지 않았기 때문이다.

같은 이야기일까? 한참의 세월이 흐른 후, 어머니는 계곡 하류에 있는 로크비에르 옆 마을에서 무슨 일이 있었는지 말해주었다. 유대인들이 프네스트르 고개를 지나간 이야기는 잘 알려져 있다. 역사가들이 그 일화를 언급했으니 말이다(알베르토 카바글리옹이 이탈리아어로 출판한《타국에서의 밤Nella notte straniera》이 한 예다). 그들은 생마르탱을 떠나 수트라로 향했던 유대인 가족의 도피, 보르고 산 달마조에서의 파시스트 민병대에 의한 체포, 그리고 기차로 벤티미글리아에서 니스로, 니스에서 드랑시로의 압송 등의 일화를 말한다.

40년이 지난 후 어머니가 해준 이야기는 글로 쓰이지 않았다. 그 이야기는 베쥐비계곡 사람들만 아는 이야기다. 어머니는 사람들로부터 그 이야기를 듣고 나에게 전해주었다. 따라서 나도 그 이야기의 일부다. 어느 날 새벽 마리오를 산산조각 낸 폭탄 소식을 들었던 것처럼, 그 사건이 일어났던 당시에도 나는 아무것도 이해하지 못한 채 분명 그 이야기를 들었을 테니 말이다. 한 무리의 피난자들이 프랑스에서 이탈리아로 국경을 넘고자 했다. 그들은 로크비에르의 베르트몽길을 선택했다. 니스에서 온 그들은 국경 지역인 프네스트르 고개까지 갈 시간이 부족할까봐 두려웠기 때문이었을 것이다. 베르트몽길에서 국경까지는 아주 가까워 보였다. 하지만 그것은 환상이었다. 마을 위에 있는 오솔길은 완만하고 긴 오르막길이었고, 그 길을 계속 가다 보면 높은 산을 따라 몇몇 오두막이 들어선 커다란 고지 목장이 있었다. 그들은 독일군이 이미 목장 꼭대기에 국경 감시초소를 설치해놓았다는 사실을 몰랐다. 남자, 여자, 아이들은 햇볕이 내리쬐는 길을 걸었다. 푸른 하늘 밑의 넓은 방목장은 그들에게 너무도 멋지게 보였을 것이다. 전쟁이라는 지옥에서 벗어나 평화가 지배하는 이상 국가, 말하자면 스위스 같은 나라로 이르게 하는 곳처럼 보였으리라. 길모퉁이에서 그들은 독일 순찰대로부터 불시의 습격을 받았다. 남자, 여자, 아이, 그들은 모두 기관총에 가차 없이 사살되었다. 그들은 풀숲에 쓰러졌다. 그들의 시신은 군인들(어쩌면 그들도 포로였을 것이다)에 의해 약식으로 구덩이 안에 매장되었고, 구덩이들은 흙으로 덮였다. 그 위로 풀들은 다시 자란다. 누군가 그 장면을 목격했다. 아마도 목동이었을 것이다. 아니면 학살을 피할 수 있었던 피난자 중 한 사람이었을지도 모른다. 그리고 그것은 그 산의 기억 속에, 풀과 오두막과 기관총에 질겁한 새들의 기억 속에, 국경지대 산의 우뚝 선 절벽에 반사된 폭음의 메아리 속에 그대로 남아 있다. 분명 그 소리를 들을 수 있었을 만큼 가까운 곳에서, 나는 바위 사이로 폭포처럼 흘러내리는 물소리와 뒤섞인 폭풍우의 으르렁 소리를 들었을 것이다.

어린 시절에 그런 이야기를 들은 사람과 아닌 사람이 같을 수 있을까? 그런 것들을 잊을 수 있을까? 기억은 단지 단어들이 나열된 이야기가 아니다.

그것은 정지된 시간이다. 평화 시기 아이들의 삶은 매일매일의 활동과 만남과 놀이와 기념일에 따라 규칙적으로 반복된다. 그러나 갇혀 있던 우리에게는 매일매일의 낮이 똑같았고 매일매일의 밤이 비슷했다. 자신이 어떤 가족, 어떤 나라에 속하는지 알기에는 너무 어릴지라도, 아이들은 그런 것들이 존재함을, 안과 밖이 있고, 경계가 있으며, 집이 있다는 것을, 그리고 그것을 넘어서면 생소함, 낯섦음, 위험이 존재한다는 것을 짐작한다.

1944년 말, 미군이 로크비에르에 입성할 때 나는 그곳에 있었다. 나는 내가 그때 그곳에 있었다는 사실은 알고 있지만, 실제로 그 장면을 기억하지는 못한다. 형, 할머니, 어머니, 그리고 나는 마을 입구의 도로변에 서 있었다. 장갑차들은 우레와 같은 소리를 냈고, 그 뒤를 따라 무한궤도 견인차 위로 탱크들이 실려 왔다. 수없이 들어 익히 알고 있는 이야기가 있다. 나보다 나이가 많았기에 벌써 규칙을 지켜야 한다는 생각이 철저했던 우리 형은 해방군이 도로교통법을 준수하지 않는다는 사실에 매우 충격을 받았다고 한다. 당시, 산의 커브 길에는 두 개의 차선이 있었다. 올라가는 길은 돌아가게 되어 있었고, 내려가는 길을 직선도로였다. 그런데 그 길을 올라가던 트럭과 무한궤도 견인차가 내리막 직선도로 차선을 점유하면서 반대 방향으로 올라가고 있었던 것이다.

아이였던 우리가 (마을에 사는 다른 아이들과 함께) 미군들에게 껌이나 초콜릿을 달라고 조르기 위해 길을 따라 달려갔다는 것이 사실일까? 미군이 들어오기 전, 독일군이 아이들에게 초콜릿을 나눠주면서 로크비에르를 지나갔다는 것이, 그리고 우리 할머니가 우리에게서 그 초콜릿을 빼앗아 마치 그것이 독극물이라도 되는 듯 쓰레기통에 던져 버렸다는 것이 사실일까? 베트남 전쟁을 위해 징집되었던(물론 공산당 쪽으로) 중국 작가 알라이는 하노이를 점령한 한 중국군이 배급받은 초코바를 베트남 아이에게 나눠줬는데, 어떤 노파가 손자의 그 초코바를 빼앗아 도랑에 버린 일화를 소개한 적이 있다.

전쟁 중 태어난 아이들은 주변에서 벌어진 일들에 대해 아무것도 모른다. 그때시였을까? 그래서 어머니는 프랑스가 해방되기 며칠 전, 덧창을 통해 패주하는 독일군의 모습을 보여주었던 것일까? 우리 집 앞으로 나 있는 길 위로 트럭과 불 켜진 헤드라이트와 탱크와 아무 말 없이 걸어가고 있는 병사들이 보였다. 나중에 가서야 나는 그들이 후퇴하면서 리비아를 떠나 독일로 돌아가려는 아프리카 군단[6] 중 살아남은 병사들임을 알았다. 그들은 왜 우리 집 창문 밑으로 지나갔을까? 롬멜 원수의 이름은 내 기억 속에서 울려 퍼진다. 하지만 그가 도피하는 그 병사들 사이에 있지 않았다는 것은 확실하다. 그는 베를린으로 가는 비행기를 탔고, 그곳에서 자살했다. 몇 달 동안, 몇 년 동안, 모든 것은 내 머릿속에서 뒤죽박죽이 되었다. 전쟁과 전쟁 이후의 모든 것들이. 해방은 어른들을 위한 것이었다. 아무것도, 아무도, 우리 같은 아이들을 해방시키지 않았다. 우리는 그저 그날그날을 살았다. 나의 진짜 첫 번째 기억은 니스다. 전쟁이 끝난 지는 이미 오래되었었다. 나는 바닷가에 있었고, 알프스 병사의 군복을 입은 친척 아줌마의 남편인 조르주 볼슈넥 대령은 우리에게 아이스크림을 사주었다. 아이스크림을 맛본 것은 그때가 처음이었다. 나는 아저씨의 베레모도 써보았다. 나는 그 아저씨를 잊지 못할 것이다.

전쟁이 끝난 후, 몇 해 동안의 감금과 격리에서 해방되는 것은 쉬운 일이 아니다. 우리는 니스의 레제르브 해변 해수욕장에 있다. 사진은 산골 아이의 옷을 입은 우리 모습을 보여준다. 1945년 겨울이

---

6 북아프리카 전역에 투입되었던 독일 육군의 군대로서, 주로 에르빈 롬멜이 지휘했으며 연합군에게 격파되어 해체된다. 1941년 2월 12일부터 1943년 5월 12일까지 활동했다.

었다. 우리는 여전히 깊은 계곡에 있을 때처럼 양가죽 저고리를 입고 각반을 치고 투박한 신발을 신고 있다. 은신처인 동굴에서 빠져나온 야만인 아이들처럼 우리는 햇빛 때문에 얼굴을 찡그린다. 그 동굴 밖으로 나오려면 우리에게는 시간이 필요할 것이다. 하지만 과연 우리는 진정 동굴 밖으로 나오긴 한 것일까? 공허함과 허기와 두려움과 무지를 다 지우려면 우리에게는 시간이 필요할 것이다. 지구의 반대쪽 끝에 있는 나이지리아로의 여행, 크로스 강변 가시덤불에서의 끝없는 자유, 폭풍우가 몰아치는 하늘, 밤에 들리는 야생 동물의 울음소리가 필요할 것이다.

전쟁 이후, 일상으로 돌아갈 때까지, 우리는 한 걸음 한 걸음 밟아가는 어려운 여정을 보내야 했다. 우리가 자란 음울하고 침울한 요람이었던 산을 떠나 도시로 돌아왔다. 허기를 잊어야 했다. 허기는 아마도 내 어린 시절에 가장 고통스러웠던 기억이리라. 미군이 들어온 후에도 궁핍은 계속되었다. 우리는 다시 꼭대기층인 7층의 할머니 집에서 살았다. 하지만 실제로 달라진 것은 아무것도 없었다. 음식을 구하고 석탄과 톱밥과 입을 옷을 구하기 위해서는 발버둥을 쳐야만 했다. 배급을 받기 위해 줄을 서야 했다. 식료품 중에서도 우유와 기름과 돼지기름 같은 것들을, 심지어 담배까지 각 가족 구성원에게 나누어주기 위해서는 그 유명한 배급표가 있어야 했다 (우리 할아버지는 가족 모두에게 할당되는 몫의 담배를 다 피웠다). 텅 빈 상태는 내 뱃속으로, 머릿속으로, 허파 속으로 깊이 파고 들어갔다. 확실한 것은 아무것도 없었다. 죽음은 여전히 우리 곁에 있었다. 내가 선물 바닝으로 나길 때면 이면 이웃 집 아저씨는 손뼈은 첬다. 그는 덩치가 너무 크고 힘도 셌기에 그가 손뼉 치는 소리는 총소리처럼 울려 퍼졌다. 그것은 나를 부르는 그 아저씨만의 방식이었다. 그의 이름은 오지에였다. 나는 그가 우리 가족의 친구 중 한 분이라는 것을 안다. 우리가 그의 집을 방문할 때면, 그는 팔로 나를 번쩍 들어올렸다. 내가 '항독 운동가'라는 단어를 알게 된 것은 그 아저씨 덕분일 것이다. 독일군 점령 당시 그는 그 지하 조직의 일원이었다. 그는 암호화된 전문을 전달하고 유대인들을 보호했다. 그러니까 오지에 씨는 항독 운동가였다. 나는 그 단어를 '거인', 혹은 '그는 아주 힘이 세다'는 뜻으로 받아들였다. 어느 날, 나는 그가 죽었다는 소식을 들었다. 장티푸스에 걸린 지 며칠 만에 죽었다는 것이다. 그의 병은 창자를 부식시켰고, 결국 창자에 구멍을 내기에 이르렀다. 거인이었던 그 아저씨, 내가 마당으로 나갈 때면 손뼉을 치던 그 아저씨는 그렇게 떠났다. 이것이 전쟁인가? 이 세상에 존재하던 누군가가, 우리가 사랑하던 누군가가 갑자기 사라지는 것, 그것이 전쟁인가?

　　내 유년기 시절의 그 커다란 공백, 나는 그 공백을 어떻게 채울 수 있을까? 감금되고, 허기지고, 격리되었던, 잃어버린 몇 년의 시간을 어떻게 되찾을 수 있을까? 어떻게 그것을 감수할 수 있을까?
　　태어났을 때부터, 그 후 몇 년 동안의 유년기 시절에도, 고아나 버려진 아이로 태어난 것처럼 내게는 아버지가 없었다. 그러나 그 부재, 혹은 버려짐에 대해 고아나 버려진 아이라는 단어를 사용할 수 없다. 왜냐하면 아버지가 우리와 헤어진 것이 아니라, 혼란 상태에 있던 이 세상이, 전 지구를 덮친 광기가 아이와 아버지의 관계를 끊어버렸기 때문이다. 아버지에게 거리는 하나도 중요하지 않았다. 영국 군의관으로 채용된 후, 프랑스령 기아나로, 그다음에는 카메룬으로, 그리고 마지막에는 나이지리아로 파견되었을 때 아버지는 먼 거리를 개의치 않았다. 그것은 남자로서의 그의 직업에 포함된 것이었다. 아버지는 아내와 아이들이 가능한 한 빨리 자신과 합류할 계획을 세웠다. 내가 잉태되었을 때는 아직 평화로웠던 시절이었다. 아버지는 내가 태어날 때 아내 곁에 머물기 위해 3월이나 4월에 휴가를 낼 참이었다. 전쟁이 터지고 프랑스가 몇 주 만에 함락되었을 때, 아버지는 자신이 잘못 생각했음을 깨달았다. 그를 경악하게 한 것은 프랑스군의 패배만이 아니었다. 그것은 아내와 아이들이 옴짝달싹 못 하는 그 나라에 만연했던 배신의 분위기였다. 전쟁 초기에 아버지가 어머니에게 보낸 편지는 아직 낙관적이었다. 그는 어머니에게 가능한 한 빨리 전쟁터에서 가장 먼 곳, 브르타뉴로 가라고 촉구했다. 독일군이 북프랑스를 전부 점령하고 대서양까지 밀고 가자, 아버지는 가족과의 상봉이 점점 더 어려워지고 있다는 사실을 깨달았다. 사하라사막을 횡단해 아내와 아이들과 합류하려는 그의 노력은 타만라세트의 초소에 근무하던, 복수심에 불타는 멍청한 프랑스 장교가 아버지의 통행을 가로막음으로써 실패하고 말았다. 그 일은 아버지에게 너무도 비극적으로 느껴졌을 것이다. 그것은 아버지가 사랑하는, 아버지의 유일한 가족이(아버지는 가족을 위해 모리셔스에서 모든 것을 버리고 떠났기 때문이다) 법도 안전도 미래도 없는 나라에서 알아서 살 수밖에 없다는 것을 의미했다. 프랑스는 이제 범죄와 약탈과 성폭력과 국가 차원에서의 거짓이 만연하는 나라였다. 그 말은 또한 프랑스가 아버지와 아버지의 가족을 배신했다는 것을, 그들을 멀리 던져 버리고, 그들을 죽음으로 몰았다는 것을 의미했다. 어머니에게 보낸 아버지의 마지막 편지에는 아버지의 생각이 분명히 드러나 있었다. 아버지에 따르면, 침공을 인정하고 싸움을 거부하고 파리를 적에게 내준 프랑스 정부는 영국에 등을 돌리고 독일의 나치와 동맹을 맺었다. 이 배신은 아버지가 모리셔스에 있을 때 문화의 안식처로 보였던, 오래전 아버지가 사랑했던 모든 것에 관한 생각을 바꾸게 했다. 아버지는 편지에서 어머니에게 언론이 프랑스 여론에 퍼뜨리는 영국인들에 대한 거짓말을 믿지 말라고 했다. 이제는 오직 영국의 저항에서만, 런던 폭격에 대해 보복하고자 하는 영국 국민의 투쟁에서만 희망을 볼 수 있을 뿐이라고도 했다. 그리고는 아무 소식도 없었다. 무소식은 5년 동안 계속되었다. 그 5년 동안 어머니와 아버지는 아무 편지도 소식도 주고받을 수 없었다. 그들 사이에 그렇게 깊은 구렁이 파였다. 어머니에게 아버지는, 아버지에게 어머니는 죽은 것처럼 보였다.

어머니는 그 깊은 구렁의 한쪽 끝에서, 아버지와는 끝없이 펼쳐진 망망대해보다도 더 멀리 떨어져 살았다. 아버지와 연락이 끊기고 모든 조화가 깨지면서 다른 사람들과의 교류도 모두 단절되었다. 어머니가 태어나고 자랐던 나라인 프랑스, 그리고 결혼해서 함께 자식을 가졌던 남자의 나라인 영국, 이 두 나라가 서로 적대적 관계에 있었기에 어머니는 아버지와 완전한 결별 상태였던 것이다.

다른 여인들도 이별을 체험했다. 그들의 남편은 포로가 되어 멀리 독일이나 폴란드 어딘가의 수용소에 갇혀 있었다. 그 여인 중 많은 이들은 영웅적으로 행동했다. 혼자서 아이들을 키우고, 귀중한 재능과 용기를 발휘하여 물질적 어려움에 맞서 싸웠다. 모든 여인이 포로수용소에 갇힌 남편에게 암호로 된 편지나 선물이나 손뜨개 한 사랑의 메시지를 전달하는 특권을 가졌던 것은 아니다. 그러나 적어도 그들은 적군인 독일군이나 프랑스 밀고자를 피해 몸을 숨길 필요는 없었다. 그들은 해방의 날을, 사랑하는 사람의 귀환을 기다렸다. 그러나 나의 어머니는 아무것도 알 수 없었기에, 미래에 대해 아무것도 기대할 수 없었다. 그저 언젠가는 전쟁이 끝날 것이고, 당신과 아이들에게 국경은 다시 열릴 것이며, 그러면 당신이 살았던 아프리카로 돌아가 사랑하는 남편을 다시 만나리라는 막연한 희망을, 그마저도 점점 불확실해지는 막연한 희망을 품을 뿐이었다.

나는 어머니가 어떻게 살아남았는지, 아니, 단지 살아남았을 뿐만 아니라 쇼팽과 리스트와 드뷔시의 피아노곡을 연주하는 예술가였던 어머니가 어떻게 가장이라는 단어가 함축하는 모든 책임을 떠안은 채 집안의 가장이 되었는지 상상하기 어렵다. 어머니는 부모님을 모시고 두 아이를 데리고 떠날 결심을 했다. 게다가 영국 국적의 노인이었던 할아버지를 숨겨야 했으며, 두 아이 중 둘째는 6개월밖에 되지 않은 젖먹이였고, 두 살배기 큰아이도 먹을 것이 아무것도 없었기에 여전히 엄마 젖을 빨고 있었다(그래서 인류의 여성에게는 젖가슴이 두 개인가 보다). 폐허가 된 프랑스를 가로질러, 포탄으로 망가진 길을 따라가고, 폭약이 장치되고 장애물로 가로막힌 지역으로 들어갔으며, 프랑스 헌병과 독일 게슈타포가 설치한 바리케이드를 넘었다. 휘발유 배급표를 얻기 위해 독일인 점령지의 사령부와 협상하고, 낡은 고물 자동차의 기화기를 수리하기도 했다. 이 모든 것은 오로지 니스로 가기 위해서였다. 그러나 그곳에 도착한 지 얼마 되지 않아 어머니는 다시 전쟁과 마주하게 될 터였다.

하지만 나는, 나는 어떻게 그 공허함을 채울 것인가? 유년기 시절의 음침한 집은 어떻게 아름답게 만들 수 있으며, 푸른 종이를 바른 창문과 유탄의 침투를 막기 위해 굳게 닫아놓은 덧문을 통해서는 아무것도 볼 수 없었던 밖의 풍경은 어떻게 꾸며낼 것인가? 1944년 여름의 어느 밤, 나는 산골 마을의 하늘에서 신기한 개똥벌레처럼 생긴 포탄이 날아오르며 춤추는 것을 보았다. 할머니와 어머니는 우리가 그 광경을 보는 것을 허락했다. 전쟁의 끝을 알리는 표시였기 때문일까? 나는 잃어버린 물건들을 떠올려 본다. 프랑스를 가로질러 도피하던 당시 도둑맞은 물건 중에는 파리의 할머니 할아버지 집 식당에 걸려있던, 엄마가 너무도 싫어하던 엘 그레코의 그림이 있다. 형제들에 의해 팔려 가는 요셉의 슬픈 얼굴이 담긴 그림이다. 남쪽으로 가는 도중 그 그림이 실려 있던 화물차는 폭격을 당했고, 농작물을 도둑질하는 이들이 그 안에 들어있던 물건들을 약탈해 갔다. 그 그림의 흔적은 라탱 지구의 한 교회 벽에 걸려있는 이폴리트 플랑드랭[7]의 모조품에 남아 있을 뿐이다. 사라져버린 물건들의 목록에는 오래되고 기괴하고 사기가 횡횡하는 소위 '암시장'이라 불리는 곳에서 할머니가 식료품 배급표나 석탄이나 의약품 등을 구하기 위해 교환한 것들도 있고, 금으로 된 장신구, 벨

---

7   Hippolyte Flandrin(1809~1864). 프랑스의 신고전주의 화가다. 그는 파리의 생제르맹 데 프레 교회에 예수의 일생을 그린 20개의 벽화를 그렸는데, 〈형제들에 의해 팔려 가는 요셉〉은 그중 하나다.

에포크 시절의 조잡한 장식품, 비단 숄, 검은담비 목도리, 베네치아 유리 등 도둑맞은 것들도 있다. 전쟁에 대한 또 하나의 기억은 저녁마다 형과 나를 감싸주던 고치 안에서의 감미로움이다. 우리는 할머니 침대에 들어가 생쥐 모나미의 모험 이야기를 들었다. 태어날 때부터 꾀가 많고 교활했던 모나미가 먹을 것을 구하기 위해 과수원에서 과일을 훔치고, 항아리에 숨겨놓은 사탕을 끄집어내는 등 살아남기 위해 모든 사람을 속이면서 요령껏 살아가는 이야기였다. 모나미의 이야기는 한순간이나마 폭력과 굳게 닫힌 덧문 너머 마을에 돌아다니는 범죄에 대한 소문을 잊게 해주었다. 일시적으로 허기도 잊게 해주었다. 내가 아프리카로 가는 배에서 첫 소설 《긴 여행》을 쓰기 시작했을 때, 나는 다시 그 허기를 생각했다. 내 소설의 주인공 오라디는 해군 함장에게 말을 건다. 인용해 보면 다음과 같다.

"배가 고파요!"—"배가 고프다면, 너에게 고양이를 주마!"— "그걸 먹으라고요?"—"아니, 우정의 표시로!"

아이에게는 전쟁의 종말이 아무 의미도 없다. 아이는 대문자 역사 속에 살지 않는다. 이야기, 동화, 순간적으로 알아들은 말, 백일몽, 이런 것들을 알 뿐이다. 독일의 화약 기술병들이 니스 항구를 폭파하던 장면을 목격했던가? 잘 모르겠다. 단지 비행기가 투하한 폭탄과 나를 땅바닥에 넘어지게 만든 어마어마한 진동을 기억할 뿐이다. 하지만 그것조차 확실하지 않다. 어쩌면 나중에 증인들의 이야기를 들으면서 사건들을 뒤섞었던 것은 아닐까? 1944년 여름의 끝자락에 우리가 니스로 돌아왔을 때, 독일군은 이미 도시를 떠나

후였다. 하지만 우리는 완전히 해방되지 않았다. 여전히 길거리에 나가는 것은 금지되었다. 정원과 주변의 공원들에는 지뢰가 설치되어 있었기에, 해골이 표시된 표지판이나 가시철사로 입구를 막아 출입을 금했다. 많은 세월이 흐른 후, 내가 벤치에 앉아 베르길리우스를 읽곤 하던 넓은 올리브 정원도 그중 하나다. 바다로 가는 길은 벽을 쌓아 막았다. 내가 일생 처음 하얀 나무판자에 분필로 그린 그림은 이달리 빌라 7층 할머니 방의 창문을 통해 내가 본 것을 표현하고 있었다. 야자수, 빌라들의 붉은 지붕, 항구, 부서진 방파제, 그리고 수면 위로 떠 오르는 난파선의 돛대 같은 것들이었다.

우리는 차고에서의 모험을 즐겼다. 그곳에는 독일군이 바퀴를 다 뽑아간 낡은 드디옹부통 자동차가 벽돌 받침대 위에 당당히 자리를 차지하고 있었다. 전쟁이 끝난 후 오랫동안 그 차고는 우리 형제에게 놀이터가 될 터였다. 그런데 그 물건에 나쁜 기억만 가지고 있는 할머니는 뼈대만 남은 그 자동차를 처분해버렸다. 할머니는 그것을 도시 외곽에 사는 농부에게 팔았고, 그 농부는 그 차에 바퀴를 달아 시장에 채소를 운반하기 위한 소형 트럭으로 사용했다. 전쟁의 흔적은 여기저기에 생생하게 남아 있었다. 구멍투성이인 건물 정면에도, 도로 곳곳의 포탄 구멍에도, 불에 타서 뼈대만 남은 자동차에도, 추한 곳을 가리려고 칠한 페인트에도, 독일어로 된 게시문에도 전쟁의 흔적은 역력했다. 전 세계 모든 전쟁터의 아이들이 마주하는 것들이다. 조개탄이나 톱밥을 가지러 지하실로 가기 위해 계단을 내려갈 때면, 우리는 의식을 행하듯 골방 벽에 남겨진 구멍 속으로 손가락을 집어넣곤 했다. 마치 그곳에서 겁에 질린 독일 병사가 쏜 총알을 빼낼 수 있을 것처럼 말이다. 나는 오랫동안 그 병사가 우리를 향해 총을 쏘는 꿈을 꾸었다!

　전쟁의 종식, 그것은 우리가 산으로 도피하면서 멀리했던 모든 가족과의 재회를 의미했다. 나는 따뜻하고 끈끈한 관계 속에서 대가족에 둘러싸여, 주위에 아줌마, 아저씨, 사촌, 가족의 친구들 혹은 적들이 가득한 아이의 삶은 어떤 것일까를 상상해본다. 부모님 직업상의 친구도 있고, 학교 친구도 있고, 함께 놀이와 불의와 싸움과 웃음을 배운 주변의 친구도 있을 것이다. 우리는 친구도 친척도 없이 감옥 같은 곳에서 자랐다. 1945년 이후, 우리는 우리가 살던 소굴에서 나왔다. 그리고는 한 번도 들어본 적이 없는 사람들을 만났다. 그들과 포옹하고, 그들을 '삼촌', '고모', '이모', '아줌마', '아저씨'라 부르며, 그들이 하는 말을 들어야 했다.

　고독했던 5년의 세월 동안 나를 짓눌렀던 것은 위험에 대한 경계보다 외부와의 단절에 따른 소외감이었다. 전쟁은 전쟁 전과 전쟁 후 사이에 확실한 구덩이 하나를 파놓은 것 같았다. 텅 빈 그 공간은 내 안으로 침투하여 내가 태어나기 전에 존재했던 모든 것을 배척했다. 다섯 살, 여섯 살 때는 그 거부를 말로 표현할 줄 모른다.

　아이들은 느낀다. 그게 다다. 그리고 놀란 눈으로 가슴을 조이면서, 과거에 존재했던 세상이 사라져가는 것을 바라본다. 세상이 변하고 있는 것이 아니라 진짜로 사라져버리는 것이다. 단순한 하나의 이미지가 아니라 진정한 사라짐, 존재들의 몰락이다. 옛날에는 그렇게도 예쁘고 명랑했던 모리셔스의 친척 할머니, 남편과 함께 코트다쥐르 해변에서 오픈카를 몰고 다니면서 상류층의 삶을 살던 그 할머니는 극도의 빈곤과 눈도 먼 상태로 니스역 옆에 있는 누추

한 집에서, 할머니의 장애인 딸과 동침하려고 그 집에 침입한 버스 차장의 파렴치한 언행의 대상이 되어 근근이 살아가고 있었다. 또 한 젊은 시절 영화제작사 파테스튜디오에서 일하던 때에는 그토록 미적 감각이 뛰어나고 기발하며 빛나던, 할머니의 오랜 친구인 가비와 그녀의 동생 모는 버려진 빌라의 지하에서 가난하게 살고 있었다. 당원들이 처벌할 수 있도록 독일 협력자가 살던 집 입구에 분필로 표시했던 불명예스러운 톱니 자국이 아직도 남아 있는 집이었다. 두 여인은 반쯤은 야생인 고양이 무리와 함께 굶어 죽어가고 있었는데, 두 자매 중 언니는 실제로 해방 후 몇 주 후에 결핵과 영양실조로 죽었다.

죄 없는 사람도 있지만, 죄인도 있다. 아이들은 모로코 정복 중 다리를 다친 퇴역 장교의 반교권주의 연설을 들으면서, 북아프리카와 인도차이나와 마다가스카르의 원주민들을 비웃고 이민 노동자, 공산주의자, 유대인, 미국인 그리고 특히, 늘 그렇듯이 영국인들을 규탄하는 그의 말을 들으면서, 죄인과 죄 없는 사람을 확실히 구별한다. 우리가 가지고 있던 샤일록의 기괴한 가면을 그가 주었던가? 우리는 그 가면에 긴 외투를 입히고 펠트 모자를 씌운 후 그것을 가지고 할머니를 겁주는 놀이를 하곤 했다. 그러던 어느 날 어머니가 화를 내면서 그것을 쓰레기통에 던져 버렸고, 우리는 더이상 그 놀이를 하지 않았다. 우리에게 민족주의와 반反독일주의를 표방하는 《오 제쿠트》 잡지들, 그리고 프랑스 병사와 '니아쿠에(베트남 사람들)'를 잡아먹는 호랑이가 펼치는 모험이 담긴 애국 소설들을 제공해 준 사람도 바로 그 퇴역군인이었던가?

인생 초기 몇 년 동안 배가 고팠고 두려움과 공허함을 느꼈던 경험은 나를 단련시키지 못했다. 그 시절의 경험은 오히려 나를 난폭하게 만들었다. 아마도 그것은 전쟁 중 태어난 모든 아이들의 운명일 것이다. 범죄와 죽음과 약탈의 장면을 목격했기 때문이 아니라, 사회의 규칙이 더이상 존재하지 않는다는 것을, 온화함도 나눔도 없다는 것을, 황량한 거리든 폭탄이 터진 건물 파사드 뒤든 폭탄이 설치된 공터 안이든 바깥 세계 어딘가에는 힘세고 위험한 다른 종의 인간이 존재한다는 것을 본능적으로 느꼈기 때문이다. 난폭함 때문이었을까? 아니면 영양실조와 면역력의 저하 때문이었을까? 전쟁 이후, 나는 여러 차례에 걸쳐 많이 아팠다. 기침을 참을 수 없어 토할 때까지 기침을 계속했다. 동네 의사는 후두염이라는 진단을 내렸지만, 나중에 결핵에 걸린 것으로 밝혀졌다. 참을 수 없을 정도로 머리가 아팠던 기억이 난다. 너무 아파서 빛을 피해 테이블 밑으로 숨어야 할 정도였다. 그 난폭함을 나는 아직도 느낀다. 원한의 감정, 사람들이 나를 속이고 모두가 거짓인 세상에서 살았다는 막연한 느낌을 나는 잊지 않았다. 형과 나는 남자가 부재한 세상에서 여자들에게 양육되었다. 그래서 우리는 아마도 욕구를 표현하기 위해 툭 하면 습관적으로 소리 지르는 어린 왕이요, 어린 전제군주가 되었을지도 모른다. 전쟁 중의 감금에서 풀려났을 때, 다시 창문을 열 수 있었을 때, 나는 참을 수 없는 분노가 차올라 손에 잡히는 대로 책이든 물건이든 심지어 가구까지 7층 창문 밖으로 집어던졌던 기억이 난다. 목구멍이 찢어지도록 소리치며 울었던 기억도 난다. 그것은 기분이 나빠서 내는 화가 아니었다. 그것은 분노였다. 대상도 이유도 없는, 분노 그 자체였다.

그런 유년기의 끝에 아프리카가 있었다.

그래야만 했고, 그럴 수밖에 없었다. 아버지는 7년 전부터 아내와 아이들이 오기를 기다렸다. 프랑스에서 한 주 혹은 두 주 동안의 짧은 여행을 마친 후, 아버지는 우리의 미래를 위한 계획을 세웠다. 우리는 프랑스를 떠나 나이지리아에 있는 아버지와 합류할 것이다. 그러고 나서 아버지는 남아프리카에서 은퇴할 것이며, 그곳에서 우리는 교육을 받으면서 어른이 될 수 있을 것이다. 모든 준비가 끝났다. 아버지 친구 제프리 박사가 남아프리카공화국의 더반에서 우리를 맞이할 것이다. 그곳에는 모리셔스 친척들도 살고 있다. 전쟁에서 패한 생기 없는 프랑스, 우리를 저버린 프랑스와 먼 곳에서 펼쳐지는 새로운 삶이 될 것이다. 태양이 내리쬐는 이 비참한 도시, 암시장에서 수상쩍은 거래와 밀고가 판치는 이 도시와 먼 곳에서.

우리는 아프리카에 도착했다. 당시 우리는 창백하고 버릇없는, 분노와 반항기 가득한 두 아이였다. 나는 요즘 신문이나 텔레비전을 통해 보는, 아프가니스탄과 시리아와 이라크와 소말리아와 수단 같은 전쟁 중이고 파괴와 범죄가 가득한 나라에서 도망치는 이주민 아이들의 이미지에서 그때의 우리 모습을 본다. 그 아이들처럼 우리는 기운 옷을 입었고, 그 아이들처럼 우리의 얼굴은 엉큼하고 흉악한 표정을 짓고 있었을 것이다. 그것은 두려움이 남긴 표시다. 그 아이들처럼 우리는 무엇인가에 대해 복수하고 싶고, 누군가를 두들겨 패고 싶고, 소리치고 싶고, 물어뜯고 싶었다. 오고자에 도착한 우리는 우선 흰개미들의 성을 파괴하기 위해 막대기를 들고 풀이 무성한 들판을 뛰어다녔다. 전갈과 도마뱀을 잡기도 했다. 밤이면 우리는 들고양이들의 울음 소리를 들었다.

이주민 아이들과 차이가 있다면, 우리는 유구한 역사를 자랑할 뿐만 아니라 세계에서 가장 기술이 발달한 유럽에서 왔다는 사실이었다. 그런데 그런 유럽은 살상 무기를 만들기 위해서만 기술 향상을 도모하고 있었다. 이제 우리를 교화시키는 것은 아프리카가 될 터였다. 오늘날 잊힌 대륙으로 여겨지는 아프리카에서 우리는 난생처음 자유와 감각의 쾌락과 자연의 풍요로움을 알게 될 터였다. 물론 우리는 그곳에서 식민지의 본질적인 불공정과 죄수들에 대한 부당한 처우, 그리고 식민지 관료들과 파샤처럼 사는 외국 상인들의 교만도 간파했다. 하지만 아주 오랜만에, 어쩌면 내 인생에서 처음으로, 우리는 배고플 때 먹었고 바깥세상을 두려워하지 않았으며 숨을 필요가 없었다. 우리는 끝없는 공간 속으로, 드넓은 하늘 밑으로 우리 몸을 내던졌다. 우리는 매일같이 크로스 강가의 가시덤불 속에서 모험을 즐겼다. 매일매일의 밤은 폭풍우가 몰아치고, 번개가 치면서 하늘에 줄무늬가 생기고, 비는 억수같이 쏟아지는 마법의 극장이었다.

우리는 1947년 6월, 우기雨期에, 엄마와 함께 네덜란드 선박 나이저스트럼을 타고 한 달 동안의 여행 끝에 아프리카의 하커트항에 도착했다. 아버지가 우리를 기다리고 있었다. 아버지는 자동차보다는 트럭에 가까운 포드 V8에 우리를 태웠다. 그리고 우리는 요동치는 차를 타고 열대의 홍토 길을 달렸고, 물이 불어난 강을 건넜다. 우리는 이제 정말로 전쟁이 끝났다는 것을 깨달았다.

작품 해설

르 클레지오가 새로운 작품《브르타뉴의 노래·아이와 전쟁》으로 독자들 곁으로 돌아왔다. 2017년《빛나: 서울 하늘 아래》이후 3년 만이다. 이번에는 유년기 시절 이야기다. 작가는 이 책이 고백도 추억담도 자서전도 아님을 강조한다. 기억이란 "너무도 허술하게 짜인 직물 같아서 찢어지고 오염되기 쉽"기에, 추억에 의존한 책을 경계한단다. 그럼에도 이 이야기는 분명 작가가 기억을 더듬어 써 내려간 유년기 시절의 추억이다.

첫 번째 이야기〈브르타뉴의 노래〉는 우리를 프랑스 북서쪽에 위치한 브르타뉴로 데려간다. 태어나지도 않았고 오랜 기간 살지도 않았음에도, 작가는 그곳 브르타뉴에 가장 많은 감동과 추억이 담겨 있다고 고백한다. 왜 브르타뉴일까? 르 클레지오는 니스에서 출생했다. 하지만 이 책에서 이야기하듯, 그는 대혁명의 시기인

18세기 말 브르타뉴에서 모리셔스로 이민 간 조상의 후예다. '일 드 프랑스'라 불렸던 모리셔스는 당시 프랑스 식민지였다. 그러나 1810년부터 영국의 식민지가 되었고 1968년 독립했다. 르 클레지오의 아버지 라울 르 클레지오의 국적이 영국인 이유다. 한편 아버지와 친사촌 간인 그의 어머니는 가족이 모리셔스로부터 프랑스로 역이민을 갔기 때문에 프랑스 국적의 소유자다. 그의 부모는 가족의 뿌리인 브르타뉴를 고향으로 생각하면서, 작가가 여덟 살이던 1948년부터 1954년까지 매년 여름을 그곳에서 보냈다.

사실 따지고 보면 그에게는 고향이 무척 많다. 그는 1940년 4월 니스에서 태어나 스무 살이 넘어서까지 그곳에 살았고, 아프리카에서 유년기 일부를 보냈으며, 조상의 고향 브르타뉴에서 여름방학을 보냈고, 멕시코와 파나마에서 새로운 삶을 발견했다. 또한, 그는 프랑스와 모리셔스 이중국적자이며, 그의 부모는 어디서나 모리셔스의 풍습을 지키며 살았다. 그는 이렇듯 다양한 문화를 체험하면서 그것을 내면화한 혼종적 인간이다. 어찌 보면 그의 작품은 아프리카, 니스, 브르타뉴, 모리셔스 등 마음속 고향 하나하나에 대한 찬가인지도 모른다.

이제 여든 살에 이른 작가는 조상의 고향이자 가족의 뿌리인 브르타뉴로 돌아왔다. 그는 70여 년 전의 기억 속에서 정확한 장소와 인물들을 끄집어내어 몽상적인 노래를 만들어낸다. 한 문장 한 문장은 여름방학 동안 유년기를 보낸 브르타뉴라는 공간과 그 문화에 대한 찬가다. 작가는 변해버린 생트마린, 르 두르 부인과 두 소녀, 코스케성에서의 축제, 햇볕이 쨍쨍 내리쬐던 날의 추수, 어느 날 밤 바닷가에서 들리는 브르타뉴의 전통악기 비니우 소리, 감자

잎벌레 도리포로스에 대한 연구, 썰물 때 다리로 그의 종아리를 감싸며 인사하러 오는 문어, 황야와 파도, 전쟁의 상흔이 남아있는 토르슈곶, 브르타뉴의 종교의식, 천년 넘은 팡마르카슈의 돌멩이 등을 이야기한다. 또한 어린아이로서 어떻게 전쟁을 살았는지도 보여준다. 전쟁 이후 브르타뉴의 경제적·사회적 변화, 작은 숲의 사라짐, 대규모 농장 등을 묘사한 후 "브레즈 아타오(브르타뉴여 영원히)"를 꿈꾸기도 한다. 어린이의 관점에서 보는 제2차 세계대전 역사와의 만남 역시 감동적이다. 무엇보다도 브르타뉴의 경이로운 경치는 그의 섬세한 문장을 통해 빛난다. 특히 그는 점점 사라져 가는 브르타뉴의 언어에 대한 남다른 애정을 드러낸다. 본문 여기저기에 담긴 브르타뉴어는 그의 시적인 프랑스어 문장들과 어우러지면서 작품에 매력을 더한다.

두 번째 이야기 〈아이와 전쟁〉에서는 유년기에 몸소 겪었던 전쟁을 이야기한다. 그는 1940년 4월에 태어났다. 제2차 세계대전이 1939년 9월에 발발했으니, 전쟁이 시작되고 불과 7개월이 지난 후다. 그리고 전쟁은 그가 5살이 되던 1945년 9월에 종식된다. 그러니까 그는 생애 첫 다섯 해를 전쟁 속에서 보낸 것이다. 사실 전쟁이 일어났는지, 무슨 일이 벌어졌는지 아이들은 모른다. 어른들은 최선을 다해 전쟁으로부터 아이들을 보호하려 한다. 하지만 고통스러운 기억은 평생 지워지지 않는다. 그는 말한다. 전쟁 속에서 태어난 아이들의 유년기는 평화 시기 아이들의 유년기와 다르다고.

그는 희미하지만 분명한, 꾸며내기도 하고 꿈을 꾸기도 한 기억을 가지고 이야기를 엮는다. 그는 전쟁에 대한 거대 담론을 이야기하지 않는다. 전쟁 중에 태어난 아이였던 자신을 되돌아보면서 실제로 겪었던 소소한 일상, 그리고 당시 아이가 느꼈던 감정을 담담하게 묘사한다. 니스의 정원에 떨어진 폭탄, 산골 마을로의 도피, 독일군이 바퀴를 빼버린 낡은 자동차 드디옹부통, 몸 안에 텅 빈 구멍을 만든 허기, 이탈리아 항독 운동가였던 동네형 마리오의 죽음, 할머니 다리의 상처 위에 붙은 파리 등. 어른들의 말을 통해 본능적으로 느껴지는 공포, 목적도 이유도 없이 터져 나왔던 분노도 이야기한다. 전쟁 중 태어난 작가에게 전쟁은 평생을 따라다니는 트라우마다. 그러나 전쟁은 안락함을 보장해주었던 가족에 대한 추억을 남기기도 했다. 어머니와 할머니의 보호 아래 있던 그 시절을 생각하면서 그는 어머니 자궁의 이미지에 빠져들기도 한다. 그럼에도 공허함, 두려움, 그리고 내면으로부터 느껴지는 허기는 실존한다.

출판사에서 이 책의 번역을 의뢰했을 때, 나는 방금 발자크《결혼계약》과《금치산》번역을 마친 후였다. 발자크의 복잡하고 까다로운 문장, 그리고 19세기의 역사 문화와 씨름하다 르 클레지오의 글을 보니, 마치 높은 산을 오른 후 맑은 샘물을 마시는 느낌이었다. "관능적 환희와 시적 모험"이라는 평을 받은 노벨문학상 수상 작가임을 다시 한번 느끼게 하는 아름다운 글이었다. 작가에게서 종종 듣던 어린 시절 이야기였기에 더욱 친근하게 다가왔고, 작가 특유의 향기를 마음껏 느낄 수 있었다. 나는 쉽게 번역할 수 있으리라 자신하며 가벼운 마음으로 번역을 수락했다. 하지만 막상 번역을 시작하자, 그것은 나의 오만이었음을 깨달았다. 브르타뉴어에 대한 무지를 차치하고라도 책 속에 담긴 역사와 문화를 알아야 했으며, 작가 특유의 상징과 모호한 표현도 살려야 했다.

지난여름의 브르타뉴 여행은 이 책의 번역 작업에 큰 힘이 되었다. 현지인들과의 대화를 통해 브르타뉴의 언어와 문화에 대해 알게 되었을 뿐 아니라, 유적지를 방문하고 그 지방 풍경을 보면서 작가가 묘사한 이미지들을 이해할 수 있었다. 화강암 벽과 청석돌 지붕의 브르타뉴 가옥들, 밀물과 썰물 때의 완전히 달라진 바닷가 풍경들, 화강암 절벽이 있는 해안 등을 그 예로 들 수 있겠다. 특히 작가가 경탄을 마지않았던 '랑', 즉 가시양골담초와 금작화와 히드꽃이 심어진 야생 들판 황야는 내 눈으로 보지 않았더라면 도저히 느낄 수 없는 감동을 선물했다. '세관원의 오솔길Sentier des Douaniers'은 또 어떠한가. 2000킬로미터에 달한다는 그 길의 극히 일부를 아름다움에 취해 걸어보고 나서야 나는 그곳이 브르타뉴의 역사가 담긴 길임을 알게 되었다.

작가에게 직접 도움을 청하기도 했다. 예를 들어, 생트마린 성당에 상징적 의미를 부여하고자 성당 이름을 생보랑으로 바꾸었다는 것을 독자에게 이해시키기 위해서는, 생보랑이 누구인지 알아야 했다. 그러나 아무리 여기저기 검색해보아도 생보랑이 누구인지 도무지 알 수 없었기에 나는 작가에게 문의했고, 그는 브르타뉴어에서 V와 M은 함께 쓰이며, 따라서 생보랑은 생모랑이라고도 불린다고 답해주었다. 생모랑은 8세기 렌의 주교였다. 한편, 프랑스어에서는 가족 간의 호칭에 촌수 구별이 없다. 모든 친척은 할머니, 할아버지, 아저씨, 아줌마, 사촌, 조카다. 나는 책 속에 등장하는 할머니와 볼뉘미넥 대령 아저씨가 각기의 얼마나 가까운 친척인지 암고 싶었고 작가는 친절하게 답을 주었다. 결국, 나의 번역 작업은 작가와의 협업이 된 셈이다.

르 클레지오는 한국과 인연이 많은 작가다. 한국은 그가 아시아에 관심을 가지기 시작하면서 가장 먼저 방문한 나라다. 그는 2001년 프랑스대사관과 대산문화재단 초청으로 처음 한국을 방문했다. 당시 르 클레지오 강연의 사회를 본 것이 계기가 되어 나는 작가와 20년 넘게 우정을 이어왔다. 첫 방문 이후, 그는 한국 문화에 매료되어 셀 수도 없을 만큼 여러 차례 한국을 방문했으며, 2008년 노벨상 수상 당시 내가 근무하던 이화여대의 석좌교수를 역임하기도 했다. 그는 특히 한국어의 우수성을 극찬하곤 했다. 독학으로 한국어를 공부한 그는 한글을 읽을 줄 안다. 책 속에 언급된 향수(香水 / 鄕愁)는 그가 한국어의 매력을 언급하면서 종종 사용하는 단어다. 한국에 대한 작가의 애정은 한국과 관련된 두 개의 소설로 구현된다. 2014년 발표한 소설《폭풍우》는 제주의 해녀들에게 바치는 소설로서, 제주 해녀들에 대한 오마주인 동시에 제주에 대한 찬가다. 그런가 하면 2017년에는 서울을 무대로 하는 소설《빛나: 서울 하늘 아래》를 발표하기도 한다. 그는 서울을 매우 흥미로운 도시로 생각했다. 전통과 현대의 공존, 그리고 무엇보다도 사람들의 정情을 찬미하곤 했다. 정은 그가 좋아하는 한국어 중 하나다.

르 클레지오가 한국을 좋아하듯, 한국 독자들은 르 클레지오에게 꾸준한 애정을 보여왔다. 1980년《어린 여행자 몽도》가 번역된 후, 서른 권에 가까운 책이 번역되었으며 독자들의 많은 사랑을 받았다. 노년에 이른 작가의 유년기 추억이 담긴 이 책이 르 클레지오

를 사랑하는 한국 독자들에게 잔잔한 울림을 줄 수 있기를 기대한
다. 그의 글에 담긴 아름다움이 독자들에게 전달되지 못한다면 그
것은 오롯이 역자의 부족함 때문이리라.

송기정

1940년

- 4월 13일, 모리셔스 태생의 영국인 아버지와 프랑스인 어머니 사이에 프랑스 니스 근처의 로크비에르에서 태어남.

1947년

- 제2차 세계대전 종전 후, 아프리카 주둔 군의관이었던 아버지를 만나기 위해 나이지리아로 이주함.

1949년

- 아프리카를 떠나 니스로 귀향. 이듬해 아버지도 니스로 이주함.

1958년

- 리세 마세나를 졸업한 후 영국 브리스톨대학교로 유학해 미술사를 공부함.

1960년

- 런던에서 로잘리 피케말Rosalie Piquemal과 결혼. 이듬해 딸 출생.

1962년

- 니스 소재의 대학교에서 문학학사 학위를 취득함.

1963년

‒ 첫 소설《조서Le Proces-verbal》로 르노도상을 수상함.

1964년

‒ 앙리 미쇼 연구로 프랑스 엑상프로방스대학교에서 석사 학위를
취득함.

‒ 단편집nouvelles《보몽이 자신의 고통을 알게된 날Le Jour où
Beaumont fit connaissance avec sa douleur》출간.

1965년

‒ 단편집《열병La Fievre》출간.

1966년

‒ 군복무를 대신해 태국으로 해외 파견 근무를 나감. 태국에서 프
랑스어를 가르치며 불교와 동양 문명을 이해하게 됨.

‒ 소설《홍수Le Déluge》출간.

1967년

‒ 태국에서 미성년 성매매를 고발해 멕시코로 전출되고, 멕시코
대학교에서 마야 문화를 연구함.

‒ 소설《사랑의 대지Terra Amata》출간.

‒ 에세이《물질적 법열L'Extase matérielle》출간.

1969년

– 소설《도피의 서Le Livre des fuites》출간.

1970년

– 소설《전쟁La Guerre》출간.
– 파나마에 머무르기 시작함. 1974년까지 여러 차례 파나마에 체류하며 남미 원주민의 삶에 매료됨.

1971년

– 에세이《아야Haï》출간.

1972년

– 발레리라르보 문학상을 수상함.

1973년

– 소설《거인들Les Géants》출간.

1975년

– 소설《저편으로의 여행Voyages de l'autre côté》출간.
– 모로코 출신의 제미아 장Jémia Jean과 재혼(1977년과 1982년에 두 딸 출생).

1977년

– 미국 뉴멕시코대학교에서 미술사 강의를 시작함.

- 마야 문화의 신화집인《칠람발람의 예언록Les Prophéties du Chilam Balam》을 번역함.

1978년
- 단편집《어린 여행자 몽도Mondo et autres histoires》출간.
- 에세이《지상의 미지인L'Inconnu sur la terre》출간.
- 동화《나무 나라 여행Voyage au pays des arbres》출간.

1980년
- 소설《사막Désert》을 출간하여 프랑스한림원이 수여하는 폴로랑 문학상을 수상함.
- 에세이《성스러운 세 도시Trois Villes saintes》출간.

1981년
- 남태평양 바누아투에 그의 이름을 딴 학교, 리세 프랑세 J. M. G. 르 클레지오가 설립됨.

1982년
- 단편집《원무, 그 밖의 다양한 사건사고La ronde et autres faits divers》 출간.
- 동화《오늘 아침, 학교에 가지 않기로 결심했다Lullaby》출간.

1983년
- 멕시코 초기 역사 연구로 프랑스 페르피냥대학교에서 박사 학위

를 받음.

1985년

– 소설《황금을 찾는 사람Le Chercheur d'or》출간.

1986년

– 여행에세이《로드리게스 여행Voyage à Rodrigues》출간.

1988년

– 에세이《멕시코의 꿈 혹은 중단된 생각Le Rêve mexicain ou la pensée interrompue》출간.

1989년

– 단편집《봄, 그리고 매혹의 계절들Printemps et autres saisons》출간.

1990년

– 프랑스 갈리마르 출판사와 신화·전통 등을 다루는〈로브 데 푀플L'Aube des peuples〉총서를 기획함.

1991년

– 소설《오니샤Onitsha》출간.
– 레지옹 도뇌르 슈발리에 훈장을 받음.

1992년

– 소설《떠돌이 별Étoile errante》출간.

1993년

– 에세이《프리다 칼로 & 디에고 리베라Diego et Frida》출간.

1994년

–《리르Lire》지로부터 '살아 있는 가장 위대한 프랑스 작가'로 선
정됨.

1995년

– 소설《섬La Quarantaine》출간.
– 에세이《이국Ailleurs》출간.

1997년

– 소설《황금 물고기Poisson d'or》출간.
– 에세이《노래하는 축제La Fête chantée et autres essais de thème
amérindien》출간.
– 장지오노상을 수상함.

1998년

–《황금 물고기》로 모나코 피에르대공문학상을 수상함.

1999년

- 소설집《우연Hasard suivi de Angoli Mala》출간.
- 아내 제미아와 함께 쓴 여행에세이《하늘빛 사람들Gens des nuages》출간.

2000년

- 단편집《타오르는 마음Cœur brûle et autres romances》출간.
- 소설《다리 밑의 아이L'Enfant de sous le pont》출간.

2002년

- 《파와나Tabataba suivi de pawana》출간.

2003년

- 소설《혁명Révolutions》출간.

2004년

- 아버지의 삶을 그린 자전적 에세이《아프리카인L'Africain》출간.

2006년

- 여행에세이《라가Raga: Approche du continent invisible》출간.
- 소설《우라니아Ourania》출간.

2007년

- 한국 이화여자대학교 통번역대학원 초빙교수 부임.

- 에세이《발라시네Ballaciner》출간.

2008년
- 10월, 노벨 문학상을 수상함.
- 《라가》로 스티그-다게르만 문학상을 수상함.
- 소설《허기의 간주곡Ritournelle de la faim》출간.

2009년
- 레지옹 도뇌르 오피시에 훈장을 수훈함.

2011년
- 단편집《발 이야기 그리고 또다른 상상Histoire du pied et autres fant-aisies》출간.

2013년
- 중국 난징대학교 인문사회학연구소 상주교수 부임.

2014년
- 제주도를 배경으로 한 단편집《폭풍우Tempête: Deux novellas》출간.

2017년
- 소설《알마Alma》출간.
- 서울을 배경으로 한 소설《빛나Bitna: sous le ciel de Séoul》출간.

2019년

- 에세이《중국에서의 15가지 이야기Quinze causeries en Chine》출간.

2020년

- 단편집《브르타뉴의 노래·아이와 전쟁Chanson bretonne suivi de suivi de L'Enfant et la guerre》출간.

2021년

- 중국 당나라의 시를 번역하고 연구한《시의 파도는 계속 흐를 것이다Le Flot de la poésie continuera de couler》출간.

2023년

- 단편집《겉Avers》출간.

'찌는 듯한 더위 속에서 잘 구워진 진흙 항아리'를 위하여

프랑스 문학에는 레시récit라는 장르가 있다. 간략히 말해서 레시는 소설보다 좀 더 편안하고 자유로운 이야기 형식을 이른다. 이 책에 실린 두 개의 글도 소설이라기보다 레시에 가깝다. 그러나 르 클레지오가 예전에 '레시'라는 이름으로 발표한 글들은 서사의 차원에서 소설적 요건을 두루 갖추고 있다는 점을 고려하면, 이 글들은 레시와도 거리를 두고 있다. 사실, 이 책에서 언급되는 일화들 중 몇몇은 이미 기존의 소설들에서 중요하게 다루어진 바 있다. 도리포로스라는 감자잎벌레를 예로 들자면,《사랑의 대지》라는 장편소설에서 그 벌레들을 잡아다가 길들이고 다스리면서 그들 위에 신처럼 군림하는 한 소년의 이야기가 나온다. 그런가 하면 오백 페이지가 넘는 긴 장편소설《혁명》에서는, 작가의 선조가 프랑스 브르타뉴를 떠나 모리셔스에 정착하는 과정이 역사적 사실들과 더불어 상세하게 펼쳐지고 있고, 끽기의 본신인 한 소년이 니스에서 한머니로부터 그 이야기를 듣고 있다. 그렇듯 작가는 이미 다룬 일화들을 포함하여 자신의 유년 시절을 다시금 찬찬히 돌아보고 있다. 하지만 작가는 이 두 편의 글이 연대기도 추억담도 회고록도 아님을 분명히 밝히고 있다. 여기에서 우리는 작가가, 막 기억과 의식이 형성되기 시작하던, 아마 지금도 여전히 가장 절실하게 다가오는 어린 시절에 대한 이야기를 통해 자신의 삶과 '인간의 역사'에 대한 어떤 성찰을 꾀하고 있고, 그 성찰을 가능하게 하기 위해 뭔가 새로운 이야기 형식을 모색하고 있다고 생각할 수 있다. 그 새로운 형식은 무엇일까.

지금 우리는 유약을 발라 반짝거리는 세상에서 살고 있다고 르클레지오는 말한다. 작가에게 유약이란 사물을 시간과 분리하고 과거에 입은 (시간의 흐름에 의한) 훼손으로부터 사물을 보호하는 일종의 "니스" 같은 것이다. 그러나 문제는 그로 인해 "모든 삶의 주기가 사라져"간다는 것이며, 이 말에서 작가의 의도는 명백히 드러난다. 그 자신의 표현대로, 이제 "노년"에 이른 그로서는 세상을 두껍게 덮어버린 그 유약에 대항하여 이제 조금은 다른 방식으로 싸움을 벌이려는 것이다. 말하자면, "시간을 뛰어넘게" 하는 것들, "우리의 과거뿐 아니라, 인류 전체의 과거와 연결하는 무언가를 느끼게 하는 것들", "기억 속에 그대로 남아 있"는 것들을 찬찬히 짚어보며 가능한 한 그것들을 복원해보려는 것, 그것이 이 글의 존재 의의이다.

그리하여 그는 자기 조상의 땅이자 유년 시절의 추억이 진하게 배어 있는 브르타뉴를 특별한 대상으로 하여 쇠퇴하거나 퇴행하는 것들, 이를테면 세상의 "변화의 징후"에 속수무책으로 노출된 것들에 대한 절실한 안타까움을 드러낸다. 그중 하나가 브르타뉴어다. 시대의 흐름에 뒤처져서 열등함의 표지가 되어 가는 그 변방의 언어에서, 작가는 황야라는 뜻의 '랑'이라는 말을 예로 들며 브르타뉴어가 지닌 야생성으로부터 "선사 시대의 인류가 남긴 신비한 전언"으로까지 거슬러 올라간다.

또한 그는 자신에게 강한 인상을 남겼던 브르타뉴 사람들을 떠올리며 그들 개성의 독특한 실존적 특징을 강조하는가 하면, 브르타뉴어로도 프랑스어로도 표현할 수 없는, 파도와 숲과 벌판에서 감지되던 자연의 냄새와 그 색채의 생생한 기억 속으로 깊이 빠져든다. 그는 브르타뉴의 백파이프 소리에 대해 언급하며 이렇게 말한다. "세상은 변했다. 풍속도 복장도 달라졌고, 고유의 언어도 다소 잊혔다. 하지만 어느 날 저녁, 누군가 그곳 황야에서, 비가 오고 바람이 불 때, 개 짖는 소리도 들리지 않을 만큼 집들과 멀리 떨어진 곳에서 그 악기를 연주한다면, 사라졌다고 믿었던 모든 것은 다시 우리 곁으로 돌아올 것이다." 이 말에서 우리는 작가의 바람을 짐작할 수 있지 않을까 한다. 그가 이 글을 쓰는 행위는 곧 그 과거의 악기를 새롭게 연주하려는 열망의 표현이 아닐까. 그는 브르타뉴 사람들의 뇌리에 깊이 각인된, 폭풍우 속에서 '노래하는 바위'가 부르는 노래, 바람이 실어 가버린 그 옛날 조상들의 노래를 다시 부르려는 게 아닐까. 실제로 그는 이렇게 단언한다. 기억 속의 소리와 냄새와 색깔은 그 장소와 어우러져서 그 장소를 영원하게 느껴지게 한다고.

작가가 생각하기에, 시간 혹은 역사는 흔적을 남기고, 그중에는 잊히지 말아야 할 것들도 있지만, 또 잊혀야 할 것들도 있다. 수시로 그는 어린 눈으로 목격한, 바닷가에 좌초된 검푸른 색의 지뢰를 떠올리면서 거기에서 마술적인 힘과는 완전히 반대인 전쟁의 파괴적인 상흔, 죽음의 기호를 읽는다. 그는 그런 흔적들은 잊어버리는 것, 모르는 것이 좋다고 말한다. 하지만 곧 이렇게 덧붙인다. "나는 그럴 수 없을 것 같다." 잊혀야 할 것도 있지만, 잊히지 말아야 할 것도 있는 법인데, 그는 거기에서 "역사가 보여준 폭력을, 폭력과 간교함을" 보며, "거대한 전쟁 상어의 화석화된 검은 이빨을 발견"하기 때문이다.

그는 두 번째 글 〈아이와 전쟁〉에서 전쟁의 파괴적인 이미지, 침묵의 소리, 바닥을 뒤흔들었던 파동, 목구멍에서 새어 나온, 결코 자신이 선택하지 않은 비명소리에 대해 절절하게 서술한다. 폭격기가 투하하는 폭탄이 폭력의 시작을 알리는 표시이자 경고의 뜻을 지니는 북 치는 소리였음을 증언한다. 어렸을 적에 그는 시계 볼 줄을, 시간을 읽을 줄을 몰랐는데, 그 이유를 이렇게 짐작한다. "아마도 항상 똑같은 시간을 가리키던 로크비에르 교회 탑의 벽시계가 내 뇌의 기능을 마비시켰을 것이다. 그 시계는 아마 전쟁 때문에 멈춰 섰을 것이다."

여기에서 우리는 다시금 작가의 의도를 확인한다. 그는 "대문자 역사"의 오류를 넘어서서 그 시계를 다시 작동시킴으로써 장애를 겪고 있는 그의(그리고 우리 모두의) 뇌를 치유하려는 것, 그 시절 온통 회색으로 각인된 기억 속의 색채를 이제라도 본래의 색으로 회복하려는 것, 전쟁이 어린아이의 뱃속과 머릿속에 파놓은 텅 빈 공간을 메우려는 것이다. 그러기 위해 그는 "그 산의 기억, 풀과 오두막과 기관총에 질겁한 새들의 기억 속에, 국경지대 산의 우뚝 선 절벽에 반사된 폭음의 메아리 속에 그대로 남아 있는" 것들을 되살리는 데 온 힘을 기울인다.

하지만 한편으로 그는 기억을 경계한다. 기억이란 "일종의 원시 수프, 즉 지구상에 생명을 발생시킨 유기물의 혼합 용액"과 같은 것이어서, 그 속에서는 "진실과 거짓, 관대한 것들과 교훈적인 것들이 너무 익어버려서, 결국 생기도 맛도 사라진 젤리"가 되어 버리기 때문이다. 하지만 그는 그 속에서 "하나의 섬광"과 "하나의 불꽃"이 새로운 생명을 발생시킨다는 사실을 모르지 않는다. 이제 그는 이 책을 통해 과거에 자신이 느꼈던, 그리고 지금도 그의 위장을 일종의 치매로 몰아가고 있는 그 허기를 다시 경험하면서, 그 허기를 달래고 그 허기와 화해할 수 있는 섬광이자 불꽃을 만나기 위해 이 글을 쓰기 시작한 것이다.

그는 마법처럼 경이로운 것은 시간을 초월한다고 말한다. 그리고 계속해서 고백한다. "내게 흥미로운 것은, 마치 꿈속에서처럼, 숨어 있는 보물이나 괴물들을 만나러 떠나는 것이다." 어린 시절에 그에게는 그 혼자만이 가진 비밀이 있었다. 아무에게도 그 비밀을 말하지 않은 이유는 남들이 알면 훼손될 것이기 때문이었다. 그 비밀은 마치 "고대의 지문"과도 같은 것이어서, 그 속에는 마술적인 힘이, 달리 말해 태곳적부터 존재했던 생명체의 생생한 기원이 담겨 있었다. 그리고 그 세상의 근원은 지금도 우주적 거울 뒤에서 우리를 지켜보고 있다고 그는 믿고 있다.

그는 곳곳에서 개탄의 어조로 말한다. "현대성이 삶의 방식과 더불어 조상들의 환경과 문화를 파괴했고, 브르타뉴는 이제 복구할 수 없을 정도로 세계화의 추세를 따랐다." 그러나 그는 과거에 대한 향수에 젖지도 않고 그렇다고 대문자 역사를 다시 쓸 생각도 없다. 다만 그는 이미 과거에 느꼈던 "많은 아쉬움", "잠을 이룰 수 없"게 했던 것들, 그리하여 지금도 "여전히 머리를 떠나지 않"는 것들을 아프게 되새기면서, 마치 그 옛날 길거나 짧게 쉼 없이 점멸하던 등대의 불빛들과도 같은 그것들에서, 그 리듬과 그 언어를 알아듣고자 한다. 다시 그의 말을 빌리자면, 한 마디로 "먼 옛날의 마술적 힘을 묘사하고, 현재의 모습에서 순간순간 비치는 그 과거의 마력이 다시 나타나는 것을 볼" 수 있기를 열망하는 것이다. 그리고 그 마력은 다름 아니라 브르타뉴의 "집요함이라고도 하는 이 조용한 끈질김"이며, 그것은 또한 "브르타뉴의 진정한 정체성"이자 브르타뉴 사람들이 지닌 "모험가의 정신"이라고 할 수 있을 것이다.

그리하여 비로소 우리는 앞에서 제기한 질문에 대답할 수 있을 듯하다. 르 클레지오는 스스로 자신에게 묻고 있다. 심리적 사실주의에 바탕을 두고서, 근원적인 어떤 것에 대한 반성과 숙고를 깊고 넓게 이끌고자 할 때, 더 나아가, 감정을 고양하고, 영광과 기쁨을 누리고, 교훈과 가르침에 귀 기울이고자 할 때, '이야기'가 할 수 있는 역할은 무엇일까. 달리 말해, 시간의 화학 작용에 의해 변화되고 변질된 기억에 어떻게 접근해야, 그로부터 현재를 진단할 수 있는 의미적인 실마리를 찾을 수 있을까. 작가의 메타포를 옮기자면, '찌는 듯한 더위 속에서 잘 구워진 진흙 항아리'는 어떻게 얻을 수 있을까. 어쩌면 그것은 소설 이전의 소설, 혹은 소설 이후의 소설,

이를테면 그야말로 계시적인 "신기루"에 대한 절망적인 노력을 통해서만 가능한 게 아닐까. 그렇게 볼 때, 어쩌면 이 책은 작가가 지금까지와는 조금은 다른 이야기 형식을 시도하는 도정의 시작 그 자체가 아닐까. 그렇다면 우리는 그 도정의 잠정적인 성취로서 르 클레지오의 새로운 작품에 대한 기대감을 가져도 되지 않을까. 분명 그러할 것이다. 하지만 그 전에 우리 스스로 다져봐야 할 사항이 있다. 이 글의 독서를 마치면서, 우리 각자가 자신의 언어와 감각과 감정과 새롭고 창조적인 만남을 꾀하여 자기 나름의 고유한 이야기를 시작하는 것, 짐작건대 르 클레지오가 진정으로 원하는 것은 여기에 있지 않을까 싶다. 그의 브르타뉴는 결코 우리와 무관한 게 아니다. 그것은 우리 모두의 근원이다.

최수철(소설가)

책세상 세계문학 007

브르타뉴의 노래·아이와 전쟁
Chanson bretonne *suivi de* L'Enfant et la Guerre

초판 1쇄 발행 2023년 10월 10일

지은이	J. M. G. 르 클레지오
옮긴이	송기정
펴낸이	김현태
펴낸곳	책세상
등록	1975년 5월 21일 제2017-000226호
주소	서울시 마포구 잔다리로 62-1, 3층(04031)
전화	02-704-1251
팩스	02-719-1258
이메일	editor@chaeksesang.com
광고·제휴 문의	creator@chaeksesang.com
홈페이지	chaeksesang.com
페이스북	/chaeksesang 트위터 @chaeksesang
인스타그램	@chaeksesang 네이버포스트 bkworldpub

ISBN 979-11-7131-000-5 04800
ISBN 979-11-5931-794-1 (세트)

＊잘못되거나 파손된 책은 구입하신 서점에서 교환해드립니다.
＊책값은 뒤표지에 있습니다.